基本觀念 × 學習重點 × 即時練習

一看就懂，輕鬆上手

基礎
英文法

養成篇

陳曉菁

學歷：
英國巴斯大學口筆譯學系中文組碩士

經歷：
臺中市立東勢工業高級中等學校

三民書局

序

如果說，單字是英文的血肉，文法就是英文的骨架。想要打好英文基礎，兩者實應相輔相成，缺一不可。

只是，單字可以死背，文法卻不然。

學習文法，如果沒有良師諄諄善誘，沒有好書細細剖析，只落得個見樹不見林，徒然勞心費力，實在可惜。

Guru原義指的是精通於某領域的「達人」，因此，這一套「文法Guru」系列叢書，本著Guru「導師」的精神，要告訴你：親愛的，我把英文文法變簡單了！

「文法Guru」系列，適用對象廣泛，從初習英文的超級新鮮人、被文法糾纏得寢食難安的中學生，到鎮日把玩英文的專業行家，都能在這一套系列叢書中找到最適合自己的夥伴。

深願「文法Guru」系列，能成為你最好的學習夥伴，伴你一同輕鬆悠遊英文學習的美妙世界。

有了「文法Guru」，文法輕鬆上路！

給讀者的話

　　臺灣的學生大多數都是從小學時代就開始接觸英文，不過卻鮮少有人敢說自己的英文不錯，如果有人問起他們原因，有些學生會把英文學不好歸咎於單字背得太少，有些學生則是認為自己的文法基礎不夠好；其實，國高中時代的我也是以死背硬記的方式來學英文文法，對於那些枯燥乏味的內容既不理解也沒有興趣，面對文法總是呵欠連連、提不起勁，直到我一腳跨進了英語教學的領域，由臺下學習者的身分轉換成為臺上的教學者，這樣的情形才有了 180 度的改變。

　　當我一邊重新溫習文法概念、一邊為學生整理如何更好理解文法的筆記，我發現透過圖片及故事聯想的「具象化」方式可以有效地幫助學習抽象的文法概念，例如：將英文的時態想像成是一條河流，或是將假設語氣的應用想像成是啟動時光機等。另一方面，適度地佐以表格統整可以將文法冗長的敘述化繁為簡，使其應用一目了然。不過光是理解還是不夠，搭配多元的練習題，才能讓學習者真的熟能生巧，進而舉一反三。

　　因應新課綱不強調背誦公式，著重理解與推論能力，本書以五大句型與詞類為基礎，延伸整合普高技高常見的文法觀念，在編寫上有以下特點：

文法學習遊戲化

　　本書共十七個章節，為了增加讀者的學習興趣，降低其對文法的恐懼，每四到五個章節賦予一位勇者角色，陪讀者一同學習，突破文法重要關卡 level up。

文法補給好到位

　　章節中穿插「文法小精靈」與「文法傳送門」，有效串起學習連結。文法小精靈適時現身指點迷津、補充相關文法說明。文法傳送門則是提供讀者相關文法知識的章節或區塊，觸類旁通讓學習更全面。

循序漸進好學習

Step 1 基本觀念：以聯想比喻法搭配淺顯易懂的例句，將抽象文法「具象化」好理解，幫讀者奠定文法基礎。

Step 2 學習重點：將複雜的文法規則以圖片與表格統整，輔以例句跟中譯解析，「視覺化」好記憶，一次掃除讀者的文法盲點。

Step 3 即時練習：重點後搭配豐富練習題，透過即時練習累積經驗，有效將重點「吸收內化」，厚植讀者的文法基本功力。

　　讀者可循序漸進從第一章開始學起，也可針對想要加強的章節，深入學習並有效運用。希望以自身多年的英語教學經驗以及曾經是一位厭惡英文文法學習者的身分，可以幫助許許多多飽受文法折磨的英語學習者用不同的思維來理解文法，進而活用它來提升自我的英語實力。

Caroline Chen

CONTENTS

Part 1

Part 2

Picture Credits
All pictures in this publication are authorized for use by Shutterstock.

Part 3

Part 4

略語表

略語	名稱
adj.	adjective (形容詞)
adv.	adverb (副詞)
aux.	auxiliary (助動詞)
be V	be 動詞
conj.	conjunction (連接詞)
DO	direct object (直接受詞)
IO	indirect object (間接受詞)
N	noun (名詞)
O	object (受詞)
OC	object complement (受詞補語)
prep.	preposition (介系詞)
S	subject (主詞)
SC	subject complement (主詞補語)
V	verb (動詞)
V-ed	past tense (過去式)
vi.	intransitive verb (不及物動詞)
V-ing	gerund (動名詞)；present participle (現在分詞)
Vpp	past participle (過去分詞)
Vs	simple present (現在簡單式單數)
vt.	transitive verb (及物動詞)

第一章
五大句型

一、基本觀念

英文的句子按照動詞的種類與其用法，可以分成五種句型，其組成要素主要包括：主詞 (S)、動詞 (V)、受詞 (O)、主詞補語 (SC) 與受詞補語 (OC)。

「主詞」為一個句子的主體。「動詞」可以細分為「及物動詞」(vt.) 與「不及物動詞」(vi.)，而及物動詞與不及物動詞的差異在於其後能否直接加上受詞。「受詞」為動作的接受者。「補語」則是指補充說明主詞或受詞之身分或狀態的字詞。

句型 1：S + vi.

· The game started.　比賽開始了。
　　S　　vi.

句型 2：S + vi. + SC

· The game was exciting.　比賽很精彩。
　　S　　vi.　SC

句型 3：S + vt. + O

· The game excited many fans.　這場比賽讓許多球迷熱血沸騰。
　　S　　vt.　　O

句型 4：S + vt. + IO + DO

· The game brought me happy memories.　這場比賽帶給我許多快樂的回憶。
　　S　　vt.　IO　　DO

句型 5：S + vt. + O + OC

· The game kept many fans excited.　這場比賽使許多球迷心情激動。
　　S　　vt.　O　　OC

二、學習重點

1. S + vi.

　　此句型的動詞為「完全不及物動詞」，本身的語意已經很清楚，足以完整表達句意。若想讓句意更加詳盡，也可以再搭配副詞或副詞片語來修飾。

- The kids **jumped**.　孩子們跳躍。
- The kids **jumped** <u>happily</u>.　孩子們開心地跳躍。(搭配副詞 happily)
- The kids **jumped** <u>on the sofa</u>.　孩子們在沙發上跳躍。
  (搭配副詞片語 on the sofa)
- The kids **jumped** <u>on the sofa happily</u>.　孩子們開心地在沙發上跳躍。
  (搭配副詞片語 on the sofa 與副詞 happily)

文法小精靈

　　此句型除了上述例句所列之順序外，副詞或副詞片語也可放在主詞前或介於主詞與完全不及物動詞之間。

 練習1

I. 請將下列句子的 **S**、**vi.** 標示出來，並將對應之處劃上底線。

1. It rained heavily this morning.

2. Birds sing in the tree.

II. 句子重組。

1. swimming pool / a fish / in the / Daniel swims like

   _____

2. fly / Butterflies / in the garden / around

   _____

2. S + vi. + SC

　　此句型的動詞為「不完全不及物動詞」，又稱為「連綴動詞」，常見的連綴動詞包括 be 動詞以及表示「感覺」等的動詞。這類動詞由於本身的語意不完全清楚，其後必須再接一些字詞當作「主詞補語」來補充說明主詞的身分、狀態或特性等。

2-1. 主詞補語常為名詞、名詞片語或形容詞

- Conan Doyle **was** <u>a writer</u>.　柯南・道爾是一位作家。
  （主詞補語為名詞 a writer 說明 Conan Doyle 的身分）
- Holmes **was** <u>a famous detective</u>.　福爾摩斯是一位名偵探。
  （主詞補語為名詞片語 a famous detective 說明 Holmes 的身分）
- Holly's face **turned** <u>pale</u>.　Holly 的臉色發白了。
  （主詞補語為形容詞 pale 說明 Holly 的狀態）
- The cake **tastes** <u>yummy</u>.　這蛋糕嚐起來很可口。
  （主詞補語為形容詞 yummy 說明 the cake 的特性）

2-2. 連綴動詞的種類

be 動詞	am、is、are 等
表示「似乎，顯得」的動詞	appear、seem 等
表示「變成，變得」的動詞	become、go、get、grow、turn 等
表示「依然，保持」的動詞	remain、stay、keep、continue 等
表示「感覺」的動詞	look、smell、sound、taste、feel 等

 文法傳送門　連綴動詞的詳細用法請見第三章：動詞。

練習2

I. 請將下列句子的 **S**、**vi.**、**SC** 標示出來，並將對應之處劃上底線。

　1. Basketball remains my favorite sport.

　2. The air smells fresh and clean in the early morning.

II. 請填入適當的**連綴動詞**。

　1. After working overtime for a whole week, Tanya a_____ red exhausted.

　2. The streets b_____e dirty after the typhoon struck.

　3. You should s_____y calm during an earthquake.

3. S + vt. + O

此句型的動詞為「完全及物動詞」，必須直接加上「受詞」，使其句意完整。受詞常為名詞 (片語、子句)、代名詞、不定詞 (片語)、動名詞 (片語)。若想讓句意更加詳盡、情境更加豐富，也可以再搭配使用副詞或副詞片語來加以修飾。

- Jeffery **criticized** the government's new policy.　Jeffery 批評政府的新政策。

  (the government's new policy 為名詞片語當受詞用)

- Hansel and Gretel **didn't know** where they are.

  Hansel 和 Gretel 不知道他們身在何處。(where they are 為名詞子句當受詞用)

- My parents **loved** me very much.　我的父母親很愛我。

  (me 為代名詞當受詞用；very much 為副詞片語)

- Mr. Moore **wishes** to make a huge profit.　Moore 先生希望能賺大錢。

  (to make a huge profit 為不定詞片語當受詞用)

- Chris **likes** playing baseball.　Chris 喜歡打棒球。

  (playing baseball 為動名詞片語當受詞用)

 文法傳送門　不定詞、動名詞的詳細用法請見第十三章與第十四章。

練習3

I. 請將下列句子的 **S**、**vt.**、**O** 標示出來，並將對應之處劃上底線。

1. Jennifer intends to clean up the beach.

2. Willy enjoys rock climbing with his friends.

II. 句子重組。

1. watched a movie / on Sunday morning / and ate popcorn / Martha

_____

2. are discussing / They / how they can / to Elena / break the news

_____

4. S + vt. + IO + DO

　　此句型的動詞通常為「授與動詞」，其後會有兩個受詞：間接受詞 (IO) 和直接受詞 (DO)。間接受詞通常為「人」；而直接受詞通常為「事物」。可以寫成：主詞 + 動詞 + 人 + 事物。也可以將兩種受詞的位置對調，並在間接受詞前加入適當的介系詞 (prep.)，寫成：主詞 + 動詞 + 事物 + 介系詞 + 人，亦即：S + vt. + DO + prep. + IO。

S + vt. + IO + DO = S + vt. + DO + prep. + IO

· The company **offered** Kelly a well-paid job.
  = The company **offered** a well-paid job **to** Kelly.
  公司提供 Kelly 一份高薪的工作。

 文法傳送門　　授與動詞的詳細用法請見第三章：動詞。

練習4

I. 請將下列句子的 **S**、**vt.**、**IO**、**DO** 標示出來，並將對應之處**劃上底線**。

1. The old lady gave some food to the homeless man.

2. The passer-by asked me the direction to the nearest MRT station.

3. My mom made me some chicken broth.

II. 請用 **S + vt. + DO + prep. + IO** 句型改寫下列句子。

1. Billy wrote his client a business email.

2. My classmate lent me her notes.

5. S + vt. + O + OC

　　本句型的動詞為「不完全及物動詞」，這類動詞之後雖然有受詞，不過句意並不完整，須得再加上一些字詞當作「受詞補語」來補充說明受詞的身分或狀態等。

　　由於受詞補語是要補充說明受詞本身，所以受詞補語常為名詞、形容詞、分詞。不能用副詞當作受詞補語，因為副詞主要是用來修飾動詞、形容詞或其他副詞。

- The artist **named** his painting *The Starry Night*.
  藝術家將自己的畫作命名為〈星夜〉。(名詞 *The Starry Night* 說明 his painting 的名稱)
- The surprise birthday party **made** Sabrina happy.
  這場驚喜生日派對讓 Sabrina 心情愉悅。(形容詞 happy 說明 Sabrina 的狀態)
- The careless user **left** the faucet running.
  粗心的使用者 (沒關緊) 放任水龍頭一直出水。
  (現在分詞 running 說明 the faucet 的狀態)

 文法傳送門　分詞的詳細用法請見第十七章：分詞。

 練習5

I. 請將下列句子的 **S**、**vt.**、**O**、**OC** 標示出來，並將對應之處**劃上底線**。

　1. Winning the lottery made Jason overjoyed.

　2. Mr. Jackson found his wallet stolen.

II. 句子重組。

　1. Jessica / in the shower / We heard / singing

　　―――――――――――――――――――――――――――――

　2. can keep / This jacket / warm / you

　　―――――――――――――――――――――――――――――

三、練習解答

1. I. 1. <u>It</u> <u>rained</u> heavily this morning.
      S   vi.

    2. <u>Birds</u> <u>sing</u> in the tree.
        S   vi.

II. 1. Daniel swims like a fish in the swimming pool.

    2. Butterflies fly around in the garden.

2. I. 1. <u>Basketball</u> <u>remains</u> <u>my favorite sport</u>.
         S   vi.   SC

    2. <u>The air</u> <u>smells</u> <u>fresh and clean</u> in the early morning.
        S   vi.   SC

II. 1. appeared   2. became   3. stay

3. I. 1. <u>Jennifer</u> <u>intends</u> <u>to clean up the beach</u>.
        S   vt.   O

    2. <u>Willy</u> <u>enjoys</u> <u>rock climbing</u> with his friends.
        S   vt.   O

II. 1. Martha watched a movie and ate popcorn on Sunday morning.

    2. They are discussing how they can break the news to Elena.

4. I. 1. <u>The old lady</u> <u>gave</u> <u>some food</u> to <u>the homeless man</u>.
          S   vt.   DO   IO

    2. <u>The passer-by</u> <u>asked</u> <u>me</u> <u>the direction to the nearest MRT station</u>.
          S   vt. IO   DO

    3. <u>My mom</u> <u>made</u> <u>me</u> <u>some chicken broth</u>.
        S   vt. IO   DO

II. 1. Billy wrote a business email to his client.

    2. My classmate lent her notes to me.

5. I. 1. <u>Winning the lottery</u> <u>made</u> <u>Jason</u> <u>overjoyed</u>.
           S   vt.   O   OC

    2. <u>Mr. Jackson</u> <u>found</u> <u>his wallet</u> <u>stolen</u>.
        S   vt.   O   OC

II. 1. We heard Jessica singing in the shower.

    2. This jacket can keep you warm.

第二章
句子的功能與種類

 **一、基本觀念**

英文的句子可依照功能概分為「直述句」、「疑問句」、「祈使句」、「感嘆句」、「引介句」與「假設句」。

1. 「直述句」用來敘述事實、現象或看法。

　　· The sun rises in the east and sets in the west.
　　　太陽由東方升起，西方落下。

2. 「疑問句」用來提出問題，句尾必須使用問號。

　　· Did you have a good time at the ball?
　　　你在舞會上玩得盡興嗎？

3. 「祈使句」用來表示「命令、請求、禁止、警告、建議或邀請」，通常省略主詞並直接以原形動詞開頭。

　　· Go there and fetch me some water.
　　　去那裡幫我拿點水來。

4. 「感嘆句」用來表達「驚訝、讚嘆、憤怒、沮喪等情感」，通常以 **What** 或是 **How** 開頭來引導句子。

　　· What a beautiful poem!
　　　多麼優美的一首詩啊！

5. 「引介句」用來表示「在…有…」。

　　· There is a lake on the campus.
　　　校園裡有一座湖。

6. 「假設句」用來陳述與「真實情況相反」的假定、願望和想像，句中常以 **if** 來引導一個出於假定或想像而非實際發生的情況。

　　· If I had won the lottery, I would have quit my job now.
　　　要是我當時中了樂透，我早就離職了。

本章將依照此六種句子的功能為主軸，再逐一地介紹其細分的種類。

二、學習重點

 1. 直述句

　　直述句用來表述事實、現象或看法，可作「肯定句」與「否定句」，因此將此種句型細分為「肯定直述句」與「否定直述句」兩大類。

1-1. 肯定直述句

　　肯定直述句常以一般動詞、助動詞或 be 動詞來敘述事實、現象或看法。

- A long, long time ago, an old couple **lived** in the woods.
  很久很久以前，有一對老夫妻住在森林裡。
- They would like to **have** children.　他們很想要有孩子。

1-2. 否定直述句

　　否定直述句的句型為 be V + not 與 aux. + not + V。

- Jerry **is not** good at cooking.　Jerry 不擅長廚藝。
- The driver was fined because he **did not follow** the traffic rules.
  那位駕駛因為沒有遵守交通規定而被罰款。

 練習 1

請判斷下列直述句屬於**肯定**或**否定**。

1. I have not been to Australia before. _____
2. When the old man was working in the woods, he heard a baby crying.

_____

 2. 疑問句

　　疑問句可依照其答句，概分為「一般疑問句」與「特殊疑問句」兩種；其中「特殊疑問句」又可細分為「wh- / how 疑問句」、「選擇疑問句」、「附加問句」與「間接問句」。

11

2-1. 一般疑問句

常用 be 動詞、情態助動詞 (Will、Can 等) 或是一般助詞 (Have / Has / Had、Do / Does / Did 等) 開頭，而且其答句必須先回答 Yes 或 No，所以也常稱為 Yes / No 疑問句。

問句	答句	
be V + S + N / adj.?	肯定簡答	肯定詳答
Are you happy? 你開心嗎？	**Yes**, I am. 是的，我是。	**Yes**, I am happy. 是的，我很開心。
	否定簡答	否定詳答
	No, I'm not. 不，我不是。	**No**, I am not happy. 不，我不開心。
情態助動詞 + S + V?	肯定簡答	肯定詳答
Will Wade study abroad? Wade 會出國留學嗎？	**Yes**, he will. 是的，他會。	**Yes**, he will study abroad. 是的，他會出國留學。
	否定簡答	否定詳答
	No, he won't. 不，他不會。	**No**, he won't study abroad. 不，他不會出國留學。
Have / Has / Had + S + Vpp?	肯定簡答	肯定詳答
Have you seen the movie? 你看過那部電影嗎？	**Yes**, I have. 是的，我看過了。	**Yes**, I have seen the movie. 是的，我看過那部電影了。
	否定簡答	否定詳答
	No, I haven't. 不，我沒看過。	**No**, I haven't seen the movie. 不，我沒看過那部電影。
Do / Does / Did + S + V?	肯定簡答	肯定詳答
Does Angela speak Spanish? Angela 會說西班牙語嗎？	**Yes**, she does. 是的，她是。	**Yes**, she speaks Spanish. 是的，她說西班牙語。
	否定簡答	否定詳答
	No, she doesn't. 不，她不是。	**No**, she doesn't speak Spanish. 不，她不說西班牙語。

🔘 **文法傳送門**　助動詞的詳細用法請見第六章：助動詞。

回答帶有否定詞的問句時，勿被 not、never 等字混淆。只要依照想表示的答句語意回答即可。

問句	答句	
	肯定簡答	肯定詳答
Don't you like the plan? 你不喜歡這個計畫？	**Yes**, I do. 不，我喜歡。	**Yes**, I like the plan. 不，我喜歡這個計畫。
	否定簡答	否定詳答
	No, I don't. 是的，我不喜歡。	**No**, I don't like the plan. 是的，我不喜歡這個計畫。

📦 **練習2**

請圈選出正確的**助動詞**，完成下列疑問句。

1. (Does / Is) Yvonne wish to speak English fluently?
2. (Does / Is) *Romeo and Juliet* a sad love story?

2-2. 特殊疑問句

(1) wh- / how 疑問句

　　who (誰)、when (何時)、what (什麼)、where (何地)、why (為何) 以及 how (如何) 等疑問詞引導的疑問句，這一類的疑問句不能以 Yes 或 No 來回答，而是根據「所問的事項」來提供相關的資訊。

❶ Who 可用於詢問「人名、身分或關係」。

・Renee: **Who** is that guy? He is certainly handsome.

　　　　那男生是**誰**啊？他長得真好看。

　Pam: He is Aaron, a transfer student in our class.

　　　　他叫 Aaron，我們班的轉學生。

・Hugh: **Who** did you chat with on the phone last night?

　　　　你昨天晚上和**誰**講電話啊？

　Ryan: It was just a girl from my class.　只是跟我同班的女孩而已。

❷ When 可用於詢問「時間」，而 where 可用於詢問「地點」。

· Melisa: **When** and **where** should we meet tomorrow?

我們明天**何時**、**何地**碰面呢？

Lance: Let's meet at the MRT station at 8 a.m.

我們早上八點在捷運站碰面吧。

❸ What 可用於詢問「職業或事物」，也可搭配名詞，如 time、books、countries 等，來詢問「特定資訊」。

· Clara: **What** does Sam do for a living?　Sam 的職業是**什麼**？

Seth: He is a dentist.　他是一名牙醫師。

· Hans: **What**'s for lunch today?　今天中午要吃**什麼**？

Viola: I'd like to have fried dumplings.　我想吃煎餃。

· Passer-by: Excuse me, **what time** is it?　請問現在**幾點**了？

Leon: Let me see. It's a quarter past ten.　我看看。現在是十點十五分。

❹ Why 用於詢問「原因」。

· Teacher: **Why** didn't you turn in your report today?

你今天**為什麼**沒有交報告？

Nick: I'm sorry. My printer was out of ink yesterday, so I couldn't print out the report.

對不起。昨天我的印表機沒有墨水了，所以我無法印出報告。

❺ Which 用於詢問「哪種、哪個」，也可搭配名詞，如 bus、road、topic 等，來詢問「特定資訊」。

· Woman: **Which** is your smartphone, the pink one or the blue one?

你的智慧型手機是**哪一支**，粉紅色的還是藍色的？

Man: The blue one is mine.　藍色的是我的。

· Fairy: **Which axe** is yours, the gold one, the silver one, or the wooden one?

哪一把斧頭是你的，金的、銀的還是木頭的？

Logger: The wooden one.　木頭的。

❻ Whose 用於詢問「某事物所屬」，也常搭配名詞，強調該事物的主人是誰。

· Father: There is a package on the table. **Whose** is it?

桌上有個包裹。是**誰的**？

Jasmine: It's mine.　是我的。

- Mother: **Whose turn** is it to do the dishes today? 今天**輪到誰**洗碗了？
  Frank: It's my turn. 輪到我了。

❼ How 用於詢問「程度、近況、數量或是方法等」，亦可與其他形容詞或副詞連用，如 old、fast、often、far、soon、long 等。

- Waiter: **How** do you like your steak, Sir? 先生，你的牛排要**幾分熟**？
  Dave: Medium-well, please. 七分熟，謝謝。
- Fred: **How** have you been recently? 最近過得**如何**？
  Greg: Not bad. And you? 還不錯。那你呢？

❽ How 搭配「many + 可數名詞」或「much + 不可數名詞」。

- Boy: **How many** stars are there in the sky? 天上有**多少顆**星星啊？
  Mother: Millions of them, I guess. 我想應該有上百萬顆。
- Customer: **How much** do I owe you? 我要付**多少錢**？
  Clerk: It's twelve hundred NT dollars in total. 一共是新臺幣一千二百元。

❾ How old 詢問「年紀、幾歲」。

- Mrs. Morrison: **How old** are your children? 妳的孩子**多大年紀**啦？
  Mrs. Rose: Emily is six and Ed is four. Emily 六歲，而 Ed 四歲。

❿ How often 詢問「事情發生頻率、次數」。

- Teacher: **How often** do you check your email box?
  你**多久**查看電子信箱**一次**？
  Student: A dozen times a week. 一星期十幾次。

⓫ How far 詢問「距離的長短、有多遠」。

- Cruz: **How far** can this car go with a full tank of gas?
  這臺車加滿油的話可以**跑多遠**？
  Salesperson: About six hundred kilometers, at the most. 最多大約六百公里。

⓬ How long 詢問「物品長短」或「持續多久時間」。

- Susan: **How long** is this coffee table? 請問這張咖啡桌的**長度是多少**？
  Clerk: It's four feet long. 它有四呎長。
- Mia: **How long** will it take to travel from Taipei to Miaoli by Taiwan High
  Speed Rail?
  請問從臺北到苗栗搭高鐵要花**多長時間**？
  Clerk: About forty-five minutes. 大約四十五分鐘。

⓭ How soon 詢問「還需要多久時間才能…」。

- Passenger: **How soon** will we get to the destination?

  我們**還要多久**才會到目的地？

  Driver: In half an hour, give or take a minute. 半小時左右。

⓮ How long 強調停留在某地點的「時間長度」，可搭配現在、過去、未來三個時態。

- Doctor: **How long** do you usually work a day? 你一天通常工作**多久時間**？
  Patient: Eight hours. 八小時。

- Kevin: **How long** did he spend in the shower yesterday?

  他昨天淋浴花了**多久時間**？

  Cathy: About half an hour. 大概半個小時。

- Receptionist: **How long** are you planning to stay in the hotel?

  請問貴賓預計要在本飯店停留**多久時間**？

  Mr. Trump: Three nights. 三個晚上。

⓯ How soon 強調「預估」再過多久才能離開某地點或「期望能趕快…」，通常搭配未來式。

- Hugh: **How soon** will you leave the office? I can go and pick you up.

  妳**還要多久**才能下班？我可以過去接妳。

  Ruth: That'll be great. Give me half an hour to wrap up things.

  那真是太好了。給我半小時把手邊的事情結束就好。

- Girl: **How soon** can we see the firework display?

  我們**還要多久**才能看到煙火？

  Father: Just about now. 差不多就是現在了。

 文法小精靈

How soon 可以用 When 代替，How long 不行。

練習3

I. 請依句意填入適當的**疑問詞 what、whose、why、how**。

1. _____ do you like to do in your free time?

2. _____ don't you hang out with Brad anymore?

3. _____ often do you go to the movie?

4. _____ puppy is this? It's not mine.

II. 請用 **How + adj. / adv....** 句型完成下列問句。

1. A: How _____ will it take to fly from Taipei to Tokyo?

   B: About three hours.

2. A: How _____ money does it cost to buy an apartment in downtown Taichung?

   B: At least fifteen million NT dollars, I guess.

3. A: Mrs. Wright, how _____ is your son?

   B: My boy, Max, is eighteen.

4. A: How _____ is it from your place to the office?

   B: About twenty kilometers.

(2) 選擇疑問句

　　這一類的疑問句會提供回答者幾個選項,讓回答者從中做出選擇。選項間使用 or 來連接,回答時無須使用 Yes 或 No。

・Zack: Would you like to have some jasmine tea **or** coke?

　　　　你想喝茉莉綠茶還是可樂?

　Barry: I'd prefer coke, thanks.　我比較想喝可樂,謝謝。

・Patricia: Is Yo-Yo Ma a violinist **or** a cellist?

　　　　馬友友是小提琴家還是大提琴家啊?

　Ron: He is a well-known cellist worldwide.　他是世界知名的大提琴家。

練習4

請依句意,選出最適當的回答。

_____ 1. Would you like to go shopping or watch an old movie at home this weekend?

   (A) Yes, I'd love to. 　　　　　(B) No, shopping isn't my thing.

   (C) I'd prefer to stay at home. 　(D) Never mind.

_____ 2. What is the name of Nicole's puppy, Lucky or Rich?

   (A) Yes, that will do. 　　　　　(B) Rich, I think.

   (C) No, I don't like cats. 　　　(D) I'd like to meet Nicole in person.

(3) 附加問句

　　用以確認某事的真實性或是尋求回答者的贊同。附加問句置於直述句之後，回答比照一般疑問句的答句即可。使用附加問句時必須注意以下幾個要點：

❶ 附加問句的主詞必為「代名詞」，動詞時態 (be V / aux.) 也須與前面直述句「一致」。

　　· Joan **will** come to the party tonight, **won't** <u>she</u>?
　　Joan 今晚會來參加派對，不是嗎？

　　· Adam and Sean **are going to** climb the mountain, **aren't** <u>they</u>?
　　Adam 和 Sean 將要去爬山，不是嗎？

❷ 附加問句與前面直述句的語氣必須「相反」：

「肯定」直述句，「否定」附加問句 (通常用縮寫形式)？		
It **will** be hot this afternoon, **won't** <u>it</u>?		今天下午的天氣會很熱，不是嗎？
答句		
肯定簡答	Yes, it will.	是的，天氣會很熱。
肯定詳答	Yes, it will be hot this afternoon.	是的，今天下午會很熱。
否定簡答	No, it won't.	不，天氣不會很熱。
否定詳答	No, it won't be hot this afternoon.	不，今天下午不會很熱。
「否定」直述句，「肯定」附加問句？		
Nick **knew nothing** about this event, **did** <u>he</u>?		Nick 對於這場活動一無所知，是吧？
答句		
肯定簡答	Yes, he did.	不，他知道。
肯定詳答	Yes, he knew this event.	不，他知道這場活動。
否定簡答	No, he didn't.	是的，他不知道。
否定詳答	No, he didn't know this event.	是的，他不知道這場活動。

 文法小精靈

　　直述句中若使用帶否定意味的字詞，如 no、never、nothing、impossible、seldom、little、few、scarcely、hardly、rarely 等，則應將其視為否定句。

❸ 祈使句的附加問句使用情況，大致可分為以下四種說明：

以 Let's 開頭的祈使句，附加問句為 shall we?

- **Let's** get something to drink, **shall we?**　我們去買點東西喝吧，好嗎？

Let's not 開頭的祈使句，附加問句為 OK? 或是 all right?

- **Let's not** dwell on this matter, **all right?**
  我們不要一直討論這件事了，好嗎？

其他的祈使句大多用 will you? 作為附加問句。

- Come to the practice tomorrow, **will you?**　明天來參加練習，好嗎？

祈使句內容為禮貌性的邀約，附加問句可用 won't you?

- Have a slice of pizza, **won't you?**　吃片披薩，好嗎？

文法傳送門　Let's 的詳細用法請見本章「祈使句」的部分。

❹ 直述句中的主詞若為 this、that 或是動名詞，附加問句的主詞應用 it。

- Having hot pot in a cold day **is** awesome, **isn't** it? (V-ing 為直述句主詞)
  在寒冷的日子裡吃火鍋是最棒的，不是嗎？

練習5

I. 中翻英，請用**附加問句**的句型作答。

1. 請把音樂轉小聲一點，好嗎？

   _____

2. Lisa 很少上學遲到，不是嗎？

   _____

II. 請為下列直述句補上適合的**附加問句**。

1. Living in the city is more convenient than living in the countryside.

   _____

2. We can't do anything but wait at this moment.

   _____

(4) 間接問句

　　這類的句子就是把疑問句置入「直述句」或「直接問句」中。特別應該注意的是間接問句中的問句本身不用倒裝，而是要照著 wh- / how / whether + S + V 的方式來書寫。間接問句中的問句經常接在 know、tell、guess、ask、wonder、imagine 等動詞之後。

直述句 + wh- / how / whether + S + V

- Amy often <u>wonders</u> **how the universe began**.
  Amy 常常在想宇宙是如何開始的。
- Luke is <u>considering</u> **whether he should study abroad (or not)**.
  Luke 正在考慮他是否應該出國留學。

直接問句 + wh- / how / whether + S + V

- May I <u>ask</u> **where the elevator is**?　我想問一下電梯在哪裡呢？
- Can you <u>guess</u> **who I just met at the supermarket**?
  你猜得到我剛剛在超市遇見誰嗎？

練習6

句子重組。

1. her teacher / received low grades / why her essays / Tessa asked

_____

2. doesn't know / where the train station is / The tourist

_____

3. save the earth? / what we can / Can anyone / do to / tell me

_____

 3. 祈使句

　　用於命令、請求、禁止、警告、建議或邀請等時機或場合，依語意可分為「肯定祈使句」與「否定祈使句」。

肯定祈使句經常省略主詞 **you**，並直接以「原形動詞」開頭。

- **Come** and **dance** with me.　來跟我一起跳舞吧。
- "Please **pull** over your car and turn off the ignition," the police officer said.
  警官說：「請將車輛停靠在路邊並且熄火。」

否定祈使句通常在原形動詞之前，會有 **Don't** 或是 **Never**。

- Don't **park** your car here.　禁止停車。
- Don't **speak** ill of others behind their backs.　不要在背後說人壞話。

第一人稱與第三人稱的祈使句多以 **Let** 開頭，而 **Let us** 如果是指包含對方時，經常縮寫為 **Let's**，如不包含對方，就維持使用 **Let us**。

- **Let** him come in.　讓他進來。
- **Let's** go to the movies this afternoon.　我們今天下午去看電影吧。(包含對方)
- **Let us** know when the meeting begins.　會議開始時請通知我們。(不包含對方)

練習7

中翻英，請用**祈使句**的句型作答。

1. 飯後服藥一天三次。

2. 不要遲到。

3. 我們晚餐後去散步吧。

4. 感嘆句

　　描述驚訝、讚嘆、憤怒、沮喪等情感時，用 How 或是 What 引導句子。表示「多麼…！」或「好…！」。此外，也可使用 so 與 such 直述句表達感嘆。以下分別針對其用法加以說明。

How + adj. / adv. + S + V! 強調形容詞或副詞

- **How** <u>young</u> and <u>talented</u> the singer is!　這位歌手真是年輕又有才華！
- **How** <u>terrible</u> the accident was!　這起意外真是可怕！

How + S + V!　強調動詞

- **How** Pauline <u>wishes</u> to be slim!　Pauline 多麼希望能變瘦啊！
- **How** Oliver <u>wants</u> to start his own business!　Oliver 多麼想要自己創業啊！

What (+ a / an) (+ adj.) + N (+ S + V)!　強調名詞

- **What** a marvelous <u>gadget</u> it is!　這真是一件神奇的小工具啊！
- **What** lovely <u>weather</u> it is today!　今天的天氣多麼好哇！
- **What** cute <u>puppies</u>!　多麼可愛的小狗們！

so + adj. / adv.　強調形容詞或副詞

- This speech is **so** <u>inspiring</u>!　這場演講真是激勵人心！
- The thief fled **so** <u>quickly</u>!　這小偷逃得好快啊！

such + a / an (+ adj.) + N　強調名詞

- The smartphone is **such** a great <u>invention</u>.　智慧型手機真是個很棒的發明。
- The resort has **such** a beautiful <u>sea view</u>.　這家渡假村的海景很棒。

練習8

請依照提示將下列句子改為**感嘆句**。

1. The game is exciting. (用 How... 改寫)

_____

2. It is freezing cold outside. (用 so 改寫)

_____

3. Dwayne is an unrealistic person. (用 such 改寫)

_____

4. It is a magnificent castle. (用 What... 改寫)

_____

5. 引介句

此句型又稱「存在句」，主要表達「有…」，句型為 There + be V + N，N 為引介句的真實主詞。因此，be V 的單複數及時態，需視「N 的單複數」以及「情境指涉的時間」來決定。引介句的肯定句、否定句、疑問句、回答句與一般含有 be V 的句型相似，分別說明如下：

肯定句	There + be V + N (+ prep. 片語)

There is a fast food restaurant on this street.　這條街上有家速食餐廳。(is + 單數 N)

There are many students on the playground.　操場上有許多學生。(are + 複數 N)

There has been a huge celebration for good harvests for decades.
幾十年來這裡一直有慶祝豐收的盛大活動。(現在完成式)

There will be an audition for the commercial this Sunday.
本週日將會有一場廣告的試鏡演出。(未來式)

否定句	There + be V + not + N (+ prep. 片語) 句中有 not 或是 no 等具否定意味的字詞時，be V 與 not 常用縮寫。

There isn't a sale on jeans in this department store.　這家百貨公司沒有牛仔褲的特賣會。

There aren't many parking spaces near the Italian restaurant.
那間義大利餐廳附近沒有很多的停車位。

疑問句	be V + there + N (+ prep. 片語)? 將肯定句或否定句中的 be V 與 There 位置互換。

Is there anything left in the box?　盒子裡還有剩下什麼東西嗎？

Were there many bookstores on this street?　這條路上曾經有許多書店嗎？

回答句	比照一般含有 be V 的直述句即可。

Are there three apples on the table?　桌子上有三顆蘋果嗎？

肯定簡答	Yes, **there are**.	是的，有。
肯定詳答	Yes, **there are** three apples on the table.	是的，桌上有三顆蘋果。
否定簡答	No, **there aren't**.	不，沒有。
否定詳答	No, **there aren't** three apples on the table.	不，桌上沒有三顆蘋果。

練習9

請用 **There + be V...** 的引介句型改寫以下句子。

1. Many flowers are in blossom in the park.

_____

2. Few people were at the concert last night.

_____

6. 假設句

「假設句」可概略地分為「與現在事實相反」、「與過去事實相反」以及「與未來事實相反」三大類，句中常搭配使用 if，使用 if 假設句時請把握兩個原則：

原則一	動詞的時態必須正確地變化，口訣如下： 與「現在」相反用**過去**、與「過去」相反用**過去完成**、與「未來」相反用 **were to V**。
原則二	語氣必須與事實「相反」！

以下就分項說明三種假設句，並補充說明相關的條件句。

6-1. 與現在事實相反的假設句

想像自己能夠乘坐時光機飛到任意的時間點來改變已存在的事實，或者假定相反的結局。那麼，如果你想要改變「現在」(V / Vs) 的事實，就必須將時光機的時間點設在「過去」(V-ed)。以下舉兩個例子說明：

(1)

現在事實一	Ben **doesn't have** enough allowances.　Ben 沒有足夠的零用錢。
現在事實二	He **doesn't go** camping with his friends.　他不會跟朋友去露營。

若要將上述兩句合併為假設句，那麼首先應將時態由現在式改為**過去式**，再來語氣記得要「相反」：①沒足夠零用錢→有足夠零用錢。②不會去露營→會去露營。

> If + S + V-ed, S + would / could / should / might + V...

‧ If Ben **had** enough allowances, he **would go** camping with his friends.

如果 Ben 有足夠的零用錢，他就會跟朋友去露營。

 文法小精靈

假設句公式裡前後兩個主詞 (S)，可相同，也可不同。

(2)

| 現在事實一 | Toby **is** busy.　Toby 很忙。 |
| 現在事實二 | He **can't come** home for Christmas.　他無法回家過耶誕節。 |

　　「與現在事實相反」的假設句中如有 be 動詞，不論主詞是第幾人稱，一律都要用 **were**。上述兩句合併為 if 假設句後結果如下：

If + S + were..., S + would / could / should / might + V...

・If Toby **weren't** busy, he **could come** home for Christmas.
　假如 Toby 沒有很忙，他就能回家過耶誕節。

練習 10

請依句意選出最適當的答案。

_____ 1. If I _____ on the spot, I would take a selfie with you.

(A) is　　　　(B) am　　　　(C) were　　　　(D) would be

_____ 2. If Cathy _____ strong enough, she could lift the heavy box on her own.

(A) will be　　(B) were　　　(C) was　　　　(D) would be

6-2. 與過去事實相反的假設句

　　如果你想改變一件已經發生過的事實 (V-ed)，或假定與當時情況相反的結局，時光機就必須設定在更早的時間點 (had Vpp)。

(1) 單純與過去事實相反的假設句

| 過去事實一 | Ricky **fastened** his seat belt while driving.
Ricky 當時開車有繫好安全帶。 |
| 過去事實二 | He **wasn't** seriously injured in the car accident.
他在車禍當中沒有受重傷。 |

　　若要將上述兩句合併為 if 假設句，那麼首先應將時態由過去式改為**過去完成式**，再來語氣記得要「相反」：①有繫安全帶→沒有繫安全帶。②沒有受重傷→受到重傷。

> **If + S + had Vpp..., S + would / could / should / might + have Vpp...**

· If Ricky **hadn't fastened** his seat belt while driving, he **might have been** seriously injured in the car accident.

　　如果 Ricky 當時開車沒有繫好安全帶，他可能就會在車禍當中受到重傷了。

(2) 混合型的假設句

過去事實	Billy **didn't take** his father's advice. Billy 當時沒有聽從父親的建議。
現在事實	He **becomes** a professional ballet dancer today. 他現在成為一名職業芭蕾舞者。

　　若要將上述兩句合併為 if 假設句，必須特別注意 if 引導的子句表示「與過去事實相反」，動詞得用**過去完成式**，而主要子句的部分則表示「與現在事實相反」，所以動詞要用**過去式**。合併後的句子如下：

> **If + S + had Vpp..., S + would / could / should / might + V...**

· If Billy **had taken** his father's advice, he **wouldn't become** a professional ballet dancer today.

　　如果 Billy 當時聽從父親的建議，他現在就不會成為一名職業芭蕾舞者了。

練習11

請依句意選出最適當的答案。

_____ 1. Ted could have handed in his report on time if he _____ to bring it to school.
　　(A) didn't forget 　　　　　　(B) hadn't forgotten
　　(C) would not forget 　　　　(D) would not have forgotten

_____ 2. If the farmer _____ the goose that laid golden eggs, he _____ richer as he had expected.
　　(A) kill; could get 　　　　　　(B) did not kill; could have gotten
　　(C) had killed; could get 　　　(D) had not kill; could have gotten

6-3. 與未來事實相反的假設句

(1) 絕對不可能發生的事情

> **If + S + were to V..., S + would / could / should / might + V...**

　　此句型中的 if 假設句與主要子句皆表示「絕對不可能發生的事情」，而 if 假設句中的動詞不分人稱一律用 **were to V**。

- If it **were to snow** in midsummer, I **would believe** your innocence.
  除非仲夏下雪，我才會相信你是無辜的。

　(言下之意：仲夏不可能下雪，我也不會相信你)

(2) 對於未來可能性很小的推測

> **If + S + should V..., S + would / could / should / might + V...**

　　此句型中的 if 假設句表示「對於未來可能性很小的推測」，經常譯為「萬一…」，而 if 假設句中的動詞不分人稱一律用 **should V**。不過主要子句中，情態助動詞的時態除了使用**過去式**外，也可使用 will、can、shall、may。

- If Arthur **should win** the singing contest, we **would hold** a celebration party for him.
  萬一 Arthur 歌唱比賽贏了，我們就幫他辦個慶祝派對。

　(言下之意：Arthur 不太可能會贏)

練習12

請依照提示在空格內填入適當的答案，每格不限一字。

1. 除非太陽打從西邊出來，Jessica 才會辭職。

　If the sun ＿＿＿＿＿＿ in the west, Jessica ＿＿＿＿＿＿ her job.

2. 萬一我們的籃球校隊輸了這場比賽，我就請你吃晚餐。

　If our school basketball team ＿＿＿＿＿＿ the game, I would ＿＿＿＿＿＿ you to dinner.

6-4. 除了 **if** 假設句之外的其他用法

(1) wish 假設句用法

> ## S + **wish** + (that) + S + **were / V-ed / had Vpp...**

　　這個句型常用來表示「不可能實現的願望」，通常譯為「真希望、但願、要是…就好了」。若要描述「現在不可能實現的願望」，wish 引導的子句用**過去式**；若要描述「過去不可能實現的願望」，wish 引導的子句則用**過去完成式**。

現在不可能 實現的願望	Many people **wish** they **were** young again and **did** something great. 很多人都希望自己可以再年輕一次去做一件偉大的事。 Mr. Dolittle **wishes** that he **spent** more time with his family. Dolittle 先生希望自己能多花點時間陪伴他的家人。
過去不可能 實現的願望	I **wish** I **hadn't lied** to my parents. 我真希望那時候我沒有欺騙我的父母親。 Emily **wishes** that she **had taken** that company's offer. Emily 但願自己當時有接下那家公司提供的工作機會就好了。

練習13

請依句意圈選出正確的**動詞時態**。

1. Paul 希望自己上週有和朋友去看那場音樂劇。

   Paul wishes he (went / had gone) to the musical with his friends last week.

2. Whitney 多麼希望自己能有一個哥哥！

   How Whitney wishes that she (had / had had) an elder brother!

(2) as if、as though 假設句用法

> ## S + V + **as if / as though** + S + **were / V-ed...**

　　這個句型常用來表示「宛如、就好像」。as if、as though 引導的子句若「與現在事實相反」，用**過去式**。

- Hector coughs **as though** he **were** seriously ill.

  Hector 咳得彷彿是病得很嚴重的樣子。(言下之意：Hector 只是裝裝樣子而已)

- Brian leads us **as if** he **knew** the way to the youth hostel.

Brian 領著我們走，就好像他知道去青年旅舍的路一樣。

(言下之意：Brian 其實不知道路)

S + V + as if / as though + S + had Vpp...

描述「與過去事實相反」的假設句，as if、as though 引導的子句則用**過去完成式**。

- Charlie talked **as if** he **had made** enough money for retirement.
  Charlie 說得就好像他早就賺飽了錢，可以準備退休了。

  (言下之意：Charlie 並沒有賺到多少錢)

- Mike cried **as though** it **had been** the end of his world.
  Mike 哭得就好像他的世界末日已經到了。(言下之意：Mike 的世界末日還沒有到)

練習14

請依句意圈選出正確的**動詞時態**。

1. Nancy runs fast as if she (is / was / were) a leopard.
2. The politician's supporters cheered as though he (had won / has won / won)
   the election yesterday.

6-5. 條件句

雖說假設句常以 if 引導子句，不過並非所有 if 引導的子句都可以被視為假設句。另一種也是由 if 引導的子句叫做「條件句」。

條件句的部分時態慣以**現在簡單式** (V / Vs) 來代替未來式，其完整句型為：

If + S +	V / Vs...,	S + aux. + V...
條件		產生的結果

文法小精靈

條件句公式裡前後兩個主詞 (S)，可相同，也可不同。

不同於「假設句」中的 if 引導出的子句具有「假定、想像、願望」的意味，「條件句」中的 if 所引導出的子句乃是一項先決條件，而主要子句則是滿足此項條件後可預期獲得的結果。這一類的句子通常搭配未來的時間，用以陳述「現

在或未來有可能發生，但不確定的事情」。反觀「假設句」中的 if 所引導出的子句都是與「事實」不符的假設，所以主要子句當然也表示「不存在」的結果了。

- If I **had** had time yesterday, I **would have picked** you up at the airport.

  要是我昨天有空，我早就去機場接你了。

  (言下之意：我昨天沒有空，我沒有去接你→ **if 假設句**)

- If I **have** time tomorrow, I **will pick** you up at the airport.

  如果我明天有空，我就會去機場接你。

  (言下之意：明天我可能會有空，也可能會沒有空→ **if 條件句**)

練習15

請依句意圈選出正確的**動詞時態**。

1. If the manager (agreed / agrees), the staff will take a half day off this afternoon.
2. If it (had kept / keeps) raining heavily, the roads to the mountains may be blocked temporarily.
3. If your brother (came / comes) back, ask him to return the call.

三、練習解答

1.	1. 否定	2. 肯定		
2.	1. Does	2. Is		
3.	I. 1. What	2. Why	3. How	4. Whose
	II.1. long	2. much	3. old	4. far
4.	1. (C)	2. (B)		

5.　I. 1. Please turn down the music, will you?

　　　2. Lisa seldom goes to school late, does she? / Lisa is seldom late for school, is she?

　　II.1. Living in the city is more convenient than living in the countryside, isn't it?

　　　2. We can't do anything but wait at this moment, can we?

6.　1. Tessa asked her teacher why her essays received low grades.

　　2. The tourist doesn't know where the train station is.

　　3. Can anyone tell me what we can do to save the earth?

7.　1. Take the medicine after meal three times a day.

2. Don't be late.

3. Let's take a walk after dinner. / Let's go for a walk after dinner.

8.　1. How exciting the game is!

2. It is so freezing cold outside!

3. Dwayne is such an unrealistic person!

4. What a magnificent castle (it is)!

9.　1. There are many flowers in blossom in the park.

2. There were few people at the concert last night.

10.　1. (C)　　　　　2. (B)

11.　1. (B)　　　　　2. (D)

12.　1. were to rise ; would quit

2. should lose ; treat

13.　1. had gone　　　2. had

14.　1. were　　　　　2. had won

15.　1. agrees　　　2. keeps　　　3. comes

第三章
動詞

練習解答

 **一、基本觀念**

動詞是英文中非常重要的詞類，主要用來描述動作與狀態，亦是組成句子的要素之一。基本上動詞可以概分為三大類：be 動詞 (be V)、助動詞 (aux.) 和一般動詞 (V)。

　　除了助動詞以外，大部分的動詞都具有五種變化 (原形、現在式、過去式、過去分詞與現在分詞) 與兩種語態 (主動與被動)，並且必須配合不同的主詞做出相對應的變化。

　　本章將針對一般動詞分成下列這幾種類別，並說明下列各類動詞的特定用法。

1. 授與動詞

‧ My teacher **gave** me some useful advice.
我的老師給我一些有用的建議。

2. 使役動詞

‧ The kidnapper **made** the boy's father come alone.
綁匪要男孩的父親獨自前來。

3. 感官動詞

‧ The sniper **observed** his target enter the building.
這名狙擊手監視他的目標進入那棟建築物。

4. 連綴動詞

‧ I **felt** tired and thirsty after running for a marathon.
跑完馬拉松之後我感到疲倦和口渴。

5. 情緒動詞

‧ My nephew **is interested in** studying dinosaurs.
我的姪子對研究恐龍有興趣。

6. 片語動詞

‧ You may **check** the information **out** online.
你可以在網路上查看資訊。

二、學習重點

1. 授與動詞

　　此類動詞為及物動詞 (vt.)，其後必須有兩個接受動作的受詞——間接受詞 (IO) 與直接受詞 (DO)。間接受詞通常為「人」；而直接受詞通常為「事物」。

1-1. 受詞的位置

　　授與動詞後可先接通常為「人」的間接受詞，然後才接通常為「事物」的直接受詞，其用法為：主詞 + 授與動詞 + 人 + 事物；然而當兩者位置對調時，則必須在通常為「人」的間接受詞之前加入適當的介系詞 (prep.)，亦即：主詞 + 授與動詞 + 事物 + 介系詞 + 人。

> **S + 授與動詞 + IO + DO = S + 授與動詞 + DO + prep. + IO**

- My friend **paid** me a visit. = My friend **paid** a visit **to** me.
  我的朋友來拜訪我。

1-2. 常搭配的介系詞

授與動詞	可搭配之介系詞
give、lend、read、offer、pay、teach、tell、write、sell、send、show、take、bring、sing 等	**to**

- Cora **read** her son bedtime stories. = Cora **read** bedtime stories **to** her son.
  Cora 讀床邊故事給她的兒子聽。

授與動詞	可搭配之介系詞
buy、make、leave、order、find、cook、get、save、reserve、cause 等	**for**

- Grace's sister **bought** her a cake. = Grace's sister **bought** a cake **for** her.
  Grace 的姊姊買了一個蛋糕給她。

授與動詞	可搭配之介系詞
ask	of

· My brother wants to **ask** me a favor. = My brother wants to **ask** a favor **of** me.
我的弟弟想請我幫他一個忙。

練習 1

請在空格內填入 **to** 或 **for**，若不需填任何字，請打 ✗。

1. The story taught _____ its readers a lesson.

2. The manager left a message _____ you when you were away.

3. The landlady is showing the house _____ the new tenant.

4. The owner of the restaurant promised to reserve _____ us the table.

2. 使役動詞

　　這類動詞以「使役」為名，因為帶有「命令；指使；促使」的語意。最常見的使役動詞有 make、have、let 與 get 四個，搭配的主詞與受詞通常為上下或從屬關係，如老師和學生、父母親和小孩、老闆與員工，或是主人與物品等。

　　make、have、let 與 get 四個使役動詞的語意和用法都有些許的不同：make 時常帶有「強迫他人」的意味；have 可用來表達「賦予任務」；let 表示「讓某人做他想做的事」；get 則可用來表達「說服某人去做某事」或是「使得…」，其用法如下表：

make / have	O	V	使受詞做…	The boss **made** <u>Kelly</u> **finish** the project by this Friday. 老闆命令 Kelly 這週五前要完成專案。 (由 Kelly 去執行完成專案)
		Vpp	使受詞被…	Kelly tried to **make** <u>herself</u> **understood**. Kelly 試著讓自己被了解。 (= Kelly 試著清楚表達自己。) (由 herself 接受被了解)

let	O	V	讓受詞做…	Joe **let** <u>his dog</u> **catch** the Frisbee. Joe 讓他的狗接飛盤。 (由 his dog 去執行接飛盤)
		be Vpp	讓受詞被…	Joe **let** <u>his dog</u> **be vaccinated**. Joe 讓他的狗接種疫苗。 (由 his dog 接受接種疫苗)
get	O	**to V**	說服受詞做…	Edward **got** <u>Tina</u> **to cover** his shift. Edward 請 Tina 幫他代班。(由 Tina 去執行代班)
		Vpp	使得受詞…	Edward **got** <u>his shift</u> **covered**. Edward 找人代班了。 (his shift 已有人幫 Edward 代班)

2-1. 搭配原形動詞或過去分詞的差異

運用使役動詞的句子，可藉由選用原形動詞 (V) 或過去分詞 (Vpp)，並搭配受詞的改變，來顯示句子所欲強調的重點不同。試比較下列左右兩種寫法的差異：

使役動詞 have + O + V	使役動詞 have + O + Vpp
· The king **had** <u>the executioner</u> **kill** the prisoner. 國王下令要劊子手處決囚犯。 (強調的重點：由 executioner 去執行處決)	· The king **had** <u>the prisoner</u> **killed**. 國王下令把囚犯處決。 (強調的重點：prisoner 接受處決)

文法小精靈

使役動詞 get 比較不同，其所搭配的原形動詞前要加 to。

2-2. Let + O + be Vpp 的替換

Let + O + be Vpp 可視為祈使句的被動語態，但使用頻率較低，可直接改成主動語態的祈使句來表述較為通用，亦可使用其他使役動詞來代替 Let。

· **Let** the air-conditioner <u>be turned on</u>. (祈使句被動語態)
= Turn on the air-conditioner. (祈使句主動語態)
= **Have** the air-conditioner turned on. (使用使役動詞 Have 來代替 Let)
把冷氣打開吧。

練習2

請依句意選出最適當的答案。

_____ 1. I got a mechanic _____ my car.

      (A) repair   (B) to repair   (C) have repaired   (D) repairing

_____ 2. Mrs. Doolittle won't let her children _____ snacks before the meal.

      (A) eat   (B) to eat   (C) have eaten   (D) eating

_____ 3. Mom made me _____ out the garbage.

      (A) take   (B) to take   (C) have taken   (D) taking

3. 感官動詞

感官動詞又稱為「知覺動詞」，顧名思義和人的「感官知覺」有關，凡是看到、聽到、感覺到這一類的動詞都屬於感官動詞，常見的感官動詞如下：

看到	see、watch、notice、observe、look at 等
聽到	hear、listen to 等
感覺到	feel、sense 等

3-1. S + 感官動詞 + O

感官動詞可以只接受詞，並且可以不在受詞後面再接其他字詞。

- Snow White **saw** seven dwarfs.   白雪公主看到七個小矮人。
- The prince **heard** a beautiful song.   王子聽到一首好聽的歌曲。
- Sleeping Beauty **felt** a sharp pain.   睡美人感到一陣刺痛。

3-2. S + 感官動詞 + O + 原形動詞／分詞

感官動詞可以根據想強調的不同意義，在受詞之後再分別加上原形動詞或分詞，來描述受詞的動作或狀態。

- I **saw** people burn sparklers.   我看到人們玩仙女棒。(用原形動詞單純陳述事實)
- I **saw** people burning sparklers.
  我看到人們在玩仙女棒。(用現在分詞強調動作持續進行)
- I **saw** the place littered with trash.
  我看到地上到處都是被人丟棄的垃圾。(用過去分詞強調「被…的狀態」)

練習3

請依句意選出最適當的答案。

_____ 1. The police noticed the escaped criminal _____ in the house.

(A) hides   (B) to hide   (C) hidden   (D) hiding

_____ 2. I heard those Hakka women _____ songs while picking tea leaves.

(A) sings   (B) singing   (C) to sing   (D) sung

_____ 3. Ted heard one of his roommates _____ in his sleep last night.

(A) talk   (B) talks   (C) to talk   (D) talked

4. 連綴動詞

連綴動詞又稱為「不完全不及物動詞」，其後不接受詞，而是要接形容詞或名詞來補充說明主詞的身分、狀態或特性等。連綴動詞沒有被動語態，主要可分為以下類別：

be 動詞	am、is、are 等
表示「似乎，顯得」的動詞	appear、seem 等
表示「變成，變得」的動詞	become、go、get、grow、turn、run、fall、come 等
表示「依然，保持」的動詞	remain、stay、keep、continue 等
表示「感覺」的動詞	look、smell、sound、taste、feel 等

4-1. 與感官動詞的比較

有些動詞既可當作連綴動詞，也可當作感官動詞，但用法不同，有個明顯的區別在於「有沒有受詞」。以下為既可用作連綴動詞亦可用作感官動詞的例子。

S + 連綴動詞 + adj. / like + N (連綴動詞後沒有受詞)	S + 感官動詞 + O (感官動詞後必有受詞)
· I **feel** chilly today. 　我覺得今天很冷。 · This scent **smells** like roses. 　這味道聞起來像玫瑰。	· I **feel** the cold.　我感到寒意。 · I can **smell** the scent of roses. 　我可以聞到玫瑰的香味。

文法小精靈
like 當作「像」解釋時，其詞性為介系詞。

4-2. be 動詞也是一種連綴動詞

提到連綴動詞很容易想到許多一般動詞，不過別忘了 be 動詞的用法也和連綴動詞相似，因為 be 動詞其實也是連綴動詞的一種，後方可接名詞或形容詞。

S + 連綴動詞 (以 be V 與 become 為例) + N / adj.

· Stephen **is** a basketball player.　Stephen 是一名籃球員。
· Stephen **has become** famous recently.　Stephen 最近變得有名。
· Carol and I **have become** friends since college.
　Carol 和我自大學起就一直是朋友。
· Carol **is** much slimmer than before.　Carol 比以前還苗條。

4-3. 連綴動詞的常用句型

S + 連綴動詞 + adj.

· When an earthquake strikes, you should **remain** calm.
　當地震來臨時，你必須保持冷靜。
· The place **has become** different from what I used to remember.
　這地方已經變得和我以前記得的樣子不同了。
· Make all your wishes **come** true.　希望你所有的願望都能成真。

S + 連綴動詞 (look / smell / sound / taste / feel / be V) + like + N

· The cloud **looked** like a white rabbit.　那朵白雲看起來像隻白兔。
· The milk **smelled** like rotten eggs.　這牛奶聞起來像壞掉的蛋。
· Her miserable life **was** like a tragedy.　她的悲慘人生如同一齣悲劇。

練習4

請依句意圈選出最適當的**動詞**。

1. Lisa is a pessimistic person. She always thinks that everything could (go / sense) wrong.
2. Her face (kept / turned) pale when she saw a cockroach.
3. The house has (heard / fallen) silent since everyone left in the morning.

5. 情緒動詞

情緒動詞主要是指用來表達「各種人的心理感受或情緒反應」的動詞。常見的情緒動詞有：

表示「感到高興、興奮、滿意」的動詞	please、excite、satisfy 等
表示「感到驚訝、驚奇、震驚」的動詞	surprise、amaze、shock 等
表示「感興趣、感動」的動詞	interest、touch 等
表示「感到困窘、擔憂、苦惱」的動詞	embarrass、worry、annoy 等
表示「感到失望、無聊」的動詞	disappoint、bore 等

5-1. 情緒動詞的分詞形式

情緒動詞的分詞形式，例如現在分詞 (V-ing) 和過去分詞 (Vpp)，可以當成形容詞來使用，不過意義並不相同：V-ing 表示「令人感到…的」，主詞可以是人或事物；而 Vpp 表示「本身感到…的」，因而其主詞通常是人。

情緒動詞 excite	This field trip **excites** me. 這次的校外教學使我感到興奮。
現在分詞 exciting	This field trip is **exciting**. 這次的校外教學令人感到興奮。 (主詞是**事物**)
過去分詞 excited	I am **excited** at this field trip. 我對這次的校外教學感到興奮。 (主詞是**人**)

試比較下列兩個例句。雖然句子的主詞相同，不過由於分別使用情緒動詞 bore (使無聊) 的現在分詞與過去分詞作為主詞補語，所以句意產生截然不同的變化。

現在分詞 boring	Tom is **boring**. Tom 令人感到無趣。
過去分詞 bored	Tom is **bored**. Tom 覺得無聊。

5-2. 情緒動詞的過去分詞搭配介系詞

如果想要表達「某人對某事物感到…」，此時情緒動詞必須是過去分詞 (Vpp) 的狀態，且要搭配介系詞，其句型為：人 + be V + 情緒動詞的 Vpp 形式 + 介系詞 + O。不同的情緒動詞搭配的介系詞亦不相同。

常與情緒動詞搭配的介系詞		
+ 情緒動詞的 Vpp 形式		**+ 介系詞**
人 + be V	excited	興奮的	at / about / by
	interested	有興趣的	in
	bored	感到無聊的	with / of
	pleased	感到高興的	with / about
	depressed	感到心灰意冷的	about / by

· Melody **is interested** in cosplay.　Melody 對角色裝扮有興趣。
· The coach **was pleased** with the baseball team's performance in the games.
　教練對於棒球隊在比賽中的表現感到高興。
· After going into bankruptcy, the businessman **was depressed** about life.
　宣告破產之後,商人覺得對人生感到心灰意冷。

文法小精靈

情緒動詞的 Vpp 形式也算是一種被動語態,因為人的情緒本來就是由於接受外在的人、事、物刺激所引起的。

 文法傳送門　更多情緒動詞分詞形式的例句請見第十七章:分詞。

練習5

I. 請選出符合中文句意的英文句子。

_____ 1. 我深受感動。

(A) I was deeply moved.　　(B) I was deeply moving.

_____ 2. 這則新聞令人震驚。

(A) The news was surprised.　(B) The news was surprising.

_____ 3. Darcy 對於他的工作感到滿意。

(A) Darcy was satisfied with his job.

(B) Darcy was satisfying with his job.

II. 以**情緒動詞的過去分詞**改寫下列句子。

1. This science-fiction film bores me.

2. The YouTuber's speech interested a lot of students.

---

 6. 片語動詞

英文中的片語動詞 (動詞＋介系詞 / 副詞)，與動詞原本的意思相差甚遠，片語動詞的用法有「可分」與「不可分」兩種。前者的動詞與介系詞 / 副詞可以分開，意思不受影響，所以受詞可能置於動詞與介系詞之間或之後；而後者的動詞與介系詞 / 副詞不可分開，所以受詞只能置於介系詞 / 副詞之後。

S＋可分動詞＋O＋prep. / adv. ＝ S＋可分動詞＋prep. / adv.＋O	S＋不可分動詞＋prep. / adv.＋O
· Sam **turned** the TV **off**. ＝ Sam **turned off** the TV. Sam 把電視關掉了。	· I **came across** one of my old friends. 我碰見一個老朋友。

6-1. 可分片語動詞的受詞為代名詞時

可分片語動詞的受詞雖然可以置於動詞與介系詞 / 副詞之間或是之後，不過如果受詞為代名詞 (me、you、him、her、it、us、them 等)，則通常只能將代名詞置於動詞與介系詞 / 副詞之間。

· A lady is **trying on** the dress in the fitting room, so it's not on the rack now.

＝ A lady is **trying** the dress **on** in the fitting room, so it's not on the rack now.

＝ The dress is not on the rack now. A lady is **trying** it **on** in the fitting room.

有位小姐正在試衣間試穿那件連身裙，所以那件連身裙現在不在架上。

6-2. 常見的可分片語動詞

若以介系詞 / 副詞來分類，常見的可分片語動詞可以整合為如下表所列：

介系詞 / 副詞	常見的可分片語動詞		
up	look up　查閱	give up　放棄	wake up　叫醒
on	put on　穿上	try on　試穿	turn on　打開電源

in	fill in 填寫	hand in 繳交	turn in 繳交
out	check out 查看	find out 發現	put out 熄滅
off	call off 取消	take off 脫掉	turn off 關閉電源
away	give away 贈送；洩漏	put away 收拾	take away 拿走
down	cut down 減少；砍伐	turn down 拒絕	write down 寫下
back	bring back 帶回	give back 歸還	

- Mr. Moore has decided to **give up** smoking.

  = Mr. Moore has decided to **give** smoking **up**.　Moore 先生已經決定戒煙了。

- Lillian **turned down** George's dinner invitation.

  = Lillian **turned** George's dinner invitation **down**.

  Lillian 拒絕了 George 的晚餐邀約。

- My boss made me **hand in** the monthly sales report right away.

  = My boss made me **hand** the monthly sales report **in** right away.

  老闆要我立刻交出月銷售報告。

6-3. 常見的不可分片語動詞

　　若以介系詞 / 副詞來分類，常見的不可分片語動詞可以整合為如下表所列：

介系詞 / 副詞	常見的不可分片語動詞		
at	laugh at 嘲笑	look at 看	
into	bump into 撞到；巧遇	look into 調查	run into 巧遇；遭遇麻煩
for	look for 尋找	stand for 代表	
after	look after 照顧	run after 追趕	
on	get on 上車		
off	get off 下車		
with	agree with 同意；適合	deal with 處理；對付	

- The king is **looking for** someone who can make his daughter laugh.

  這個國王正在尋找能讓他女兒大笑的人。

- Cinderella **got on** the pumpkin carriage.　灰姑娘搭上那輛南瓜馬車了。
- The fox **ran after** its prey.　這隻狐狸追趕牠的獵物。

練習6

I. 請將下列句子劃線處改寫為與**代名詞**搭配的**可分片語動詞**。

1. Martin didn't know the word, so he <u>looked up the word</u> in the dictionary.

= Martin didn't know the word, so he ＿＿＿＿＿＿＿＿ in the dictionary.

2. Chris made a phone call to his brother in order to <u>wake up his brother</u>.

= Chris made a phone call to his brother in order to ＿＿＿＿＿＿ .

II. 請判斷下列句子中的**片語動詞**用法是否正確，正確請打〇，錯誤請打 ✕。

(　) 1. Arthur knocked down Pete's glasses accidentally.

(　) 2. Her expression has given away her though she didn't say a word.

(　) 3. Bianca bumped an old friend into at the supermarket yesterday.

(　) 4. The initials KFC stand for *Kentucky Fried Chicken*.

三、練習解答

1.	1. ✕	2. for	3. to	4. ✕
2	1. (B)	2. (A)	3. (A)	
3.	1. (D)	2. (B)	3. (A)	
4.	1. go	2. turned	3. fallen	
5.	I. 1. (A)	2. (B)	3. (A)	

5. II.1. I am bored <u>with</u> / <u>of</u> this science-fiction film.

2. A lot of students were interested in the YouTuber's speech.

6. I. 1. looked it up　　2. wake him up

II.1. 〇　　2. ✕　　3. ✕　　4. 〇

第四章

時態

一、基本觀念

　　「時態」對許多剛剛開始接觸英文的人來說，應該可以列入令人感到最害怕、最痛苦的文法概念前三名吧！為什麼時態那麼難學呢？中文的「動詞」並不會因為主詞與時間的不同而改變其書寫的樣貌，因此光看中文的動詞無法判定動作發生的時間點。但是英文不同，英文的「動詞」會隨著「主詞」與「動作發生的時間點不同」而改變，而英文時態的意義即是表述動作發生的時間點。

1. 主詞的不同

　　· I **eat** pasta every day.　我每天<u>吃</u>義大利麵。

　　He **eats** pasta every day.　他每天<u>吃</u>義大利麵。

2. 時間的不同

　　· I **have** just **eaten** pasta.　我<u>剛才</u>**吃**過義大利麵了。

　　I **am going to eat** pasta <u>tonight</u>.　我<u>今晚</u>打算去**吃**義大利麵。

　　要想通盤理解時態的概念，可將時間想像成一條河流：河的上游是過去 (Past)；中游是現在 (Present)；而下游則是未來 (Future)，這條時間之河的流向是不可逆的。另一方面，如果以動詞的形式來加以劃分，則可區分為：簡單式 (Simple)、進行式 (Progressive / Continuous)、完成式 (Perfect) 三種主要形式，以下就以動詞的形式分類，介紹各時態的基本句型與動詞變化。

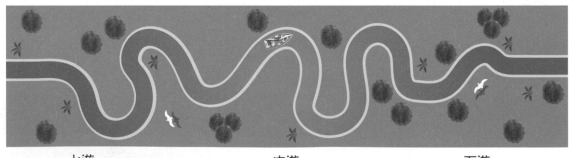

上游　　　　　　　　　中游　　　　　　　　　下游

二、學習重點

1. 簡單式

簡單式依據時間的不同，動詞會產生不同的變化，如下表所示：

時間	過去	現在	未來
一般動詞變化	V-ed	V / Vs	will + V
be 動詞變化	was / were	am / is / are	will + be

下圖為時間之河，由左而右三艘船分別代表由「過去」、「現在」到「未來」不同時間點的狀態。

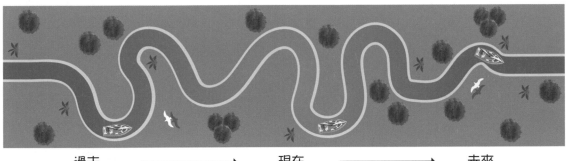

過去 ⟶ 現在 ⟶ 未來

1-1. 現在簡單式

(1) 基本句型

肯定	S + V / Vs...	They **get** up at 6 a.m.　他們早上六點起床。 Joyce **gets** up at 6 a.m.　Joyce 早上六點起床。
	S + am / is / are...	Joyce **is** a student.　Joyce 是一位學生。
否定	S + don't / doesn't + V...	They **don't get** up at 6 a.m. 他們不在早上六點起床。 Joyce **doesn't get** up at 6 a.m. Joyce 不在早上六點起床。
	S + am not / isn't / aren't...	I **am not** a student.　我不是一位學生。
疑問	Do / Does + S + V...?	**Do** they **get** up at 6 a.m.? 他們在早上六點起床嗎？ **Does** Joyce **get** up at 6 a.m.? Joyce 在早上六點起床嗎？
	Am / Is / Are + S...?	**Are** they students?　他們是學生嗎？

文法小精靈

don't 也可寫為 do not；doesn't 也可寫為 does not；isn't 也可寫為 is not；aren't 也可寫為 are not。

(2) 動詞變化

句子的主詞若為第三人稱單數 (he、she、it 或是單一人名等)，所接的現在簡單式動詞必須使用「單數形」，其基本規則如下：

種類	規則	範例	
一般動詞字尾	加 s	read → reads	sell → sells
字尾為 s、ch、sh、x、z、o 的動詞	加 es	go → goes	dress → dresses
字尾為**子音**＋ y 的動詞	去 y 加 ies	carry → carries	study → studies
若字尾為**母音**＋ y 的動詞	直接加 s	play → plays	obey → obeys
特殊變化	不規則變化	have → has	

(3) 主要用法

❶ 描述規律的事件、習俗活動、習慣或反覆的動作，或是陳述現在的事實。常用搭配有 every...、all the time 與頻率副詞 (always、usually、often、sometimes、seldom 等)。

- Chinese people **have** moon cakes in the Mid-Autumn Festival.
  中國人在中秋節會吃月餅。
- Peter **complains** about his work every now and then.
  Peter 有時會抱怨一下自己的工作。
- Mia **lives** with her parents in Taichung.　Mia 和她的爸媽住在臺中。

❷ 說明永恆不變的事實或真理、格言。

- There **are** four seasons in a year.　一年有四季。
- A rolling stone **gathers** no moss.　滾石不生苔。

❸ 代替「未來式」。表「時間」的連接詞所引導的副詞子句若是在談未來的事，動詞一律用「現在簡單式」代替未來式。常用連接詞有 when、while、before、after、until、as soon as。

- When tomorrow **comes**, John will fly to New York to attend a seminar.

當明日到來，John 將飛到紐約參加研討會。(comes 以現在簡單式代替未來式)

- Billy won't stop waiting <u>until</u> his girlfriend **shows** up.

  Billy 將會一直等到他的女朋友出現為止。(shows 以現在簡單式代替未來式)

❹ 使用條件句。表「條件」的連接詞所引導的副詞子句，動詞不用未來式，要用「現在簡單式」取代。常用連接詞有 if、unless、in case、as long as。

- Fanny usually writes down a shopping list <u>in case</u> she **forgets**.

  Fanny 通常會寫購物清單以免她忘記了。(forgets 以現在簡單式代替未來式)

練習1

I. 請寫出下列動詞的**第三人稱現在簡單式單數形**。

1. buy → _____
2. pay → _____
3. relax → _____
4. try → _____
5. watch → _____
6. visit → _____

II. 請依句意選出最適當的答案。

_____ 1. Jim _____ away gifts to children in the orphanage every Christmas.

 (A) give   (B) gives   (C) giving   (D) has given

_____ 2. Fred sometimes _____ late-night snacks before bed.

 (A) has   (B) have   (C) is   (D) are

_____ 3. Yushan _____ the tallest mountain in Taiwan.

 (A) is   (B) has   (C) are   (D) have

1-2. 過去簡單式

(1) 基本句型

肯定	S + **V-ed**...	Mary **witnessed** the accident last night. Mary 昨晚目擊那場意外。
	S + **was / were**...	Elvis **was** at home yesterday. Elvis 昨天在家。
否定	S + **didn't + V**...	Mary **didn't witness** the accident last night. Mary 昨晚沒有目擊那場意外。
	S + **wasn't / weren't**...	They **weren't** at home yesterday. 他們昨天不在家。

疑問	**Did** + S + V...?	**Did** Mary **witness** the accident last night? Mary 昨晚有目擊意外嗎？
	Was / Were + S...?	**Was** Elvis at home yesterday? Elvis 昨天在家嗎？

文法小精靈

didn't 也可寫為 did not；wasn't 也可寫為 was not；weren't 也可寫為 were not。

(2) 動詞變化

動詞的過去式構成基本規則如下：

種類	規則	範例	
一般動詞字尾	加 **ed**	look → look**ed**	walk → walk**ed**
字尾為 **e** 的動詞	加 **d**	snore → snore**d**	arrive → arrive**d**
字尾為 **c** 的動詞，且發音為 [k]	字尾加 **ked**	picnic → picnic**ked**	mimic → mimic**ked**
字尾為**子音 + y** 的動詞	去 **y** 加 **ied**	try → tr**ied**	worry → worr**ied**
字尾為**母音 + y** 的動詞	直接加 **ed**	stay → stay**ed**	annoy → annoy**ed**
單音節動詞，且是**短母音加子音字尾**	重複字尾加 **ed**	ship → ship**ped**	plan → plan**ned**
特殊變化	不規則變化	have → **had**	go → **went**
	與原形動詞相同	cut → **cut**	read → **read**

(3) 主要用法

❶ 描述過去的狀態、曾經存在或發生過的事。常用搭配有 ...ago、last...、yesterday、this morning、the other day、then、at that time、in + 過去時間。

· Via **was** absent from work this morning due to illness.
　Via 因為生病所以今天早上沒去上班。

· Last Sunday Wayne **celebrated** his birthday with his friends at a KTV.

上週日 Wayne 和他的朋友到 KTV 慶祝他的生日。

❷ 用 **used to + V** 描述過去的事實、習慣或狀態，強調而今不再。

· There **used to be** a grocery store in the neighborhood, but it closed down.

以前這附近曾經開過一家雜貨店，但它倒閉了。

· When I was in the countryside, I **used to take** a walk after meals.

我以前待在鄉下時經常會在飯後去散步。

練習2

I. 請寫出下列動詞的**過去式**。

1. close → _____　　2. study → _____　　3. enjoy → _____

4. jog → _____　　5. quit → _____　　6. cut → _____

II. 請填入正確的**動詞時態**。

1. Chris _____ (use) to play baseball with his classmates after school but now he goes home directly.

2. The bank _____ (be) robbed a month ago.

3. It _____ (snow) late at night yesterday.

1-3. 未來簡單式

(1) 基本句型

肯定	S + will + V...	Joe **will come** to the party tonight.　Joe 會參加今晚的派對。
	S + will + be...	Ruby **will be** available tomorrow.　Ruby 明天有空。
否定	S + won't + V...	Joe **won't come** to the party tonight. Joe 不會參加今晚的派對。
	S + won't + be...	Ruby **won't be** available tomorrow.　Ruby 明天沒空。
疑問	Will + S + V...?	**Will** Joe **come** to the party tonight?　Joe 會來今晚的派對嗎？
	Will + S + be...?	**Will** Ruby **be** available tomorrow?　Ruby 明天有空嗎？

 文法小精靈

won't 也可寫為 will not。

(2) 主要用法

常用搭配有 tomorrow、tonight、next...、soon、in the future、in + 一段時間、next + 一段時間等。也常用 be V + going to + V 或 be V + V-ing 來代替未來簡單式。

❶ 表示未來安排好或未來會發生的事。除了上述的用法，還可用引介句 there will be... 來表示「未來將會…」。

· The two companies **will merge** in the near future.
這兩家公司會在不久的將來進行合併。

· Chinese New Year **is coming** soon!
農曆新年快到了！

· **There will be** a ten thousand participants in this marathon event.
這次馬拉松的活動預計將會有一萬名的參賽者。

❷ 表示打算、意願或決心。常搭配與「來去」有關的動詞，如 go、come、leave、start、arrive、return。

· Melissa **is leaving** for South Korea to attend a business meeting.
Melissa 打算要去南韓參加一場商務會談。

❸ 預測可能性。常用搭配有 probably、perhaps。

· "The weather **will be** cloudy and windy tomorrow," said the weatherman.
氣象播報員說：「明天將會是多雲有風的一天。」

· Perhaps we **won't make** it to the train station due to the traffic jam.
由於塞車，我們或許無法及時抵達火車站。

練習3

請依句意選出最適當的答案。

_____ 1. The flight _____ at the airport in ten minutes.
　　　(A) will arrive　　(B) arrives　　(C) arrive　　(D) arrived

_____ 2. There _____ a sand sculpture show at the beach in Fulong this Friday.
　　　(A) has　　(B) will be　　(C) will　　(D) be

_____ 3. The meeting _____ as soon as the president comes.
　　　(A) starts　　(B) start　　(C) started　　(D) will start

2. 進行式

進行式依據時間的不同，動詞會產生不同的變化，如下表所示：

時間	過去	現在	未來
進行式動詞變化	was / were + V-ing	am / is / are + V-ing	will + be + V-ing

下圖由左而右分別為「過去某個具體時間點正在行駛的船」、「現在此時此刻正在行駛的船」、「未來某個具體時間點正在行駛的船」。

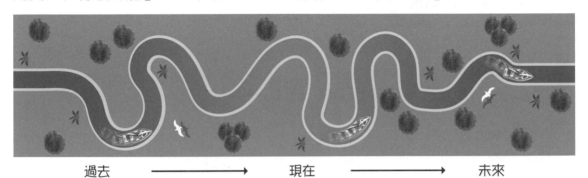

過去　　⟶　　現在　　⟶　　未來

 文法小精靈

在進行式中，be 動詞會隨著時間不同而有變化，所執行之動作則以現在分詞 (V-ing) 表示。

2-1. 動詞變化

動詞的現在分詞 (V-ing) 的構成基本規則如下：

種類	規則	範例	
一般動詞字尾	加 **ing**	talk → talk**ing**	draw → draw**ing**
字尾為 **e** 的動詞	去 **e** 加 **ing**	drive → dri**ving**	shake → sha**king**
字尾為 **c** 的動詞，且發音為 [k]	字尾加 **king**	picnic → picnic**king**	mimic → mimic**king**
字尾為 **ie** 的動詞	去 **ie** 加 **ying**	die → d**ying**	lie → l**ying**
單音節動詞，且是短母音加子音字尾	重複字尾加 **ing**	swim → swim**ming**	skip → skip**ping**
雙音節或多音節動詞，且重音在最後一音節上	重複字尾加 **ing**	begin → begin**ning**	control → control**ling**

2-2. 不能用於進行式的動詞

表示「感官」的連綴動詞	hear、see、smell、sound、taste
表示「似乎，好像」的連綴動詞	appear、look、seem
描述心理狀態和感情的動詞	believe、dislike、know、prefer、recognize、think、understand
除了上列這三類動詞外，右列這些動詞也不用於進行式	agree、belong、exist、have、include、need、owe、own、possess

文法小精靈

have 表示「吃」時、see 表示「觀賞；護送」時可用進行式。

2-3. 現在進行式

(1) 基本句型

肯定	S + am / is / are + V-ing...	I **am dreaming**.　我正在做夢。 Willy **is dreaming**.　Willy 正在做夢。 The children **are dreaming**. 小孩們正在做夢。
否定	S + am / is / are + not + V-ing...	I **am not dreaming**.　我沒在做夢。 Willy **is not dreaming**.　Willy 沒在做夢。 The children **are not dreaming**. 小孩們沒在做夢。
疑問	**Am / Is / Are + S + V-ing...?**	**Am** I **dreaming**?　我在做夢嗎？ **Is** Willy **dreaming**?　Willy 在做夢嗎？ **Are** the children **dreaming**? 小孩們在做夢嗎？

文法小精靈

is not 也可寫為 isn't；are not 也可寫為 aren't。

(2) 主要用法

❶ 描述現在正在進行或持續的動作或狀態。常用搭配有 now、right now、at

present、at this moment。

· Elaine **is checking** her email box right now.

Elaine 正在查看她的電子信箱。

· Look! The cat **is chasing** a mouse. 看！那隻貓正在追一隻老鼠。

· The oil prices **are going** up at present. 油價目前持續上漲中。

❷ 表示經常發生的動作。常用搭配有 always、all the time、constantly 等副詞。

· Mrs. Cornwell **is** always **complaining** about her husband.

Mrs. Cornwell 總是在抱怨她的丈夫。

❸ 表示不久將發生或預期會做的事。常見的表達法為 be V + going to + V。

· It **is going to** be cold next week. 天氣將在下週轉冷。

· The newlywed couple **is going to** rent a new apartment in a few months.

這對新婚夫婦幾個月後就要租新的公寓了。

練習4

I. 請寫出下列動詞的**現在分詞**。

1. sit →_____ 2. dance →_____ 3. wait →_____

4. cry →_____ 5. shop →_____ 6. type →_____

II. 請依句意填入正確的**現在簡單式**或**現在進行式**動詞。

1. Alice _____ (bake) cheese tarts in the kitchen now, isn't she?

2. The crêpes _____ (smell) delicious.

3. I _____ (owe) you an apology.

4. Listen! Chris _____ (sing) his children a sweet bedtime song.

2-4. 過去進行式

(1) 基本句型

肯定	S + was / were + V-ing...	Zoe **was studying** then. Zoe 那時候正在學習。 They **were studying** then. 他們那時候正在學習。

| 否定 | S + was / were + not + V-ing... | Zoe **was not studying** then.
Zoe 那時候沒在學習。
They **were not studying** then.
他們那時候沒在學習。 |
| 疑問 | Was / were + S + V-ing...? | **Was** Zoe **studying** then?
Zoe 那時候在學習嗎？
Were they **studying** then?
他們那時候在學習嗎？ |

 文法小精靈

was not 也可寫為 wasn't；were not 也可寫為 weren't。

(2) 主要用法

❶ 敘述過去某個時間點正在進行的動作。

　・Celina **was taking** part in a barbecue party at seven-thirty last night.
　　Celina 昨晚七點半時正在參加烤肉派對。

❷ 過去進行式經常和「過去簡單式」搭配使用。過去簡單式用來表示「發生的事件」，而過去進行式用來描述「事件發生的背景」，通常持續時間較長。

　・When the traffic accident **happened**, Andy **was walking** his dog.
　　當那場交通意外發生時，Andy 正在遛狗。

❸ 敘述過去某個時間點裡同時進行的動作。常與連接詞 while 搭配使用。

　・While Mr. O'Neal **was taking** a shower, his wife **was preparing** dinner.
　　當 O'Neal 先生在洗澡時，他的妻子正在準備晚餐。

❹ 表示過去經常或習慣性發生的動作。常用搭配有 always、constantly 等副詞。

　・Mr. and Mrs. Anderson **were** constantly **arguing** about money.
　　Anderson 夫婦老是為了金錢爭吵。

練習5

請依句意填入正確的**過去簡單式**或**過去進行式**動詞。

1. Brenda ＿＿＿＿＿＿ (jog) at six yesterday morning.
2. While Britney ＿＿＿＿＿＿ (read) a novel, I was listening to classical music.
3. Mr. Miller ＿＿＿＿＿＿ (have) lunch when the doorbell rang.
4. When the earthquake ＿＿＿＿＿＿ (occur), Harry was climbing the mountain.

2-5. 未來進行式

(1) 基本句型

肯定	S + will + be + V-ing...	John **will be watching** TV at home tonight. John 今晚將在家看電視。
否定	S + won't + be + V-ing...	John **won't be watching** TV at home tonight. John 今晚將不在家看電視。
疑問	**Will** + S + be + V-ing...?	**Will** John **be watching** TV at home tonight? John 今晚將在家看電視嗎？

文法小精靈

won't 也可寫為 will not。

(2) 主要用法

❶ 描述未來某個時間將正在進行或未來某段時間將持續進行的動作。

- Professor Griffin **will be giving** a speech on climate change at ten tomorrow.
  明天十點，Griffin 教授將正在發表關於氣候變遷的演說。

- I **will be taking** a business trip in Japan during this coming week.
  未來的一整個星期我都將會在日本出差。

❷ 未來進行式經常和「現在簡單式」搭配使用。現在簡單式常搭配連接詞 when 表示「未來的事」，而未來進行式則表示「事發當下另一方將正在進行的動作」。

- The spy **will be flying** to Denmark when the officials **realize** what's going on tomorrow. 明天當官員們明白發生了什麼事時，這名間諜將正飛往丹麥。

  (realize 以現在簡單式代替未來式)

練習6

請依句意圈選出正確的**動詞時態**。

1. When you (come / will be coming) tomorrow, we will be preparing for the school fair.

2. Alex (watches / will be watching) the live broadcast of the baseball game at this moment tomorrow.

3. The strong typhoon (hovers / will be hovering) over Taiwan over the next two days.

3. 完成式

完成式依據時間的不同，動詞會產生不同的變化，如下表所示：

時間	過去	現在	未來
完成式動詞變化	had + Vpp	has / have + Vpp	will + have + Vpp

下圖由左而右分別為「過去某個時間以前已經行駛一段時間的船」、「到現在為止已經行駛一段時間的船」、「未來某個時間就已經行駛一段時間的船」。

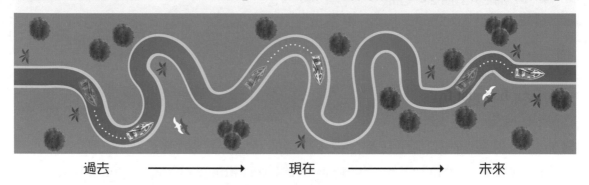

過去　　　　　　　　　　現在　　　　　　　　　　未來

文法小精靈

在完成式中，have 會隨著時間不同而有變化，所執行之動作則以過去分詞 (Vpp) 表示。

3-1. 現在完成式

(1) 基本句型

肯定	S + has / have + Vpp...	Sam **has seen** the movie. Sam 已經看過這部電影。 We **have seen** the movie. 我們已經看過這部電影。
否定	S + hasn't / haven't + Vpp...	Sam **hasn't seen** the movie. Sam 還沒有看過這部電影。 We **haven't seen** the movie. 我們還沒有看過這部電影。

疑問	**Has / Have** + S + **Vpp**...?	**Has** Sam **seen** the movie? Sam 已經看過這部電影了嗎？ **Have** we **seen** the movie? 我們已經看過這部電影了嗎？

 文法小精靈

hasn't 也可寫為 has not；haven't 也可寫為 have not。

(2) 主要用法

❶ 表示剛完成或尚未完成的動作。常用搭配有 just、already、yet (用在否定句和疑問句中)、recently、lately、so far、these + 一段時間。

· Jack **has** just **finished** the jigsaw puzzle.　Jack 剛剛才完成了拼圖。

· Fanny **hasn't heard** anything from Tammy yet.
Fanny 還沒有收到任何關於 Tammy 的消息。

❷ 談論直到目前為止的經驗。常用搭配有 never、ever、once、twice、three times。

· April **has** never **traveled** abroad.　April 從未到國外旅行過。

· **Have** you ever **had** durians before?　你有吃過榴槤嗎？

❸ 表達從過去一直延續到現在的事件或狀態。常用搭配為 for + 一段時間 (持續…) 與 since + 過去時間 / V-ed 子句 (自從…開始)。

· I **have lived** here for five years.　我已經在這裡住了五年了。

= I **have lived** here since five years ago.　自從五年前我就住在這裡了。

= It **has been** five years since I lived here.
自從我住在這裡開始，已經過了五年。

❹ have / has + been to + 地方與 have / has + gone to + 地方的意義不同。

have / has + been to + 地方 (曾經到過某地，但現在已離開那裡)	**have / has + gone to + 地方** (已經去了某地，還在那裡或路途中)
· Helen **has been to** Maldives twice. Helen 曾去過馬爾地夫兩次。	· Antonio **has gone to** Venice. Antonio 已經去威尼斯了。

練習7

請依句意選出最適當的答案。

_____ 1. Jessica loves this cartoon so much that she _____ it three times.

    (A) is watching   (B) have watched

    (C) has watched   (D) has been watched

_____ 2. In the past decade, this neighborhood _____ greatly.

    (A) have changed   (B) changes

    (C) is changing   (D) has changed

_____ 3. The library _____ people a good place to go on the weekends since it was established.

    (A) was provided   (B) has provided

    (C) provides   (D) was providing

3-2. 過去完成式

(1) 基本句型

肯定	S + had + Vpp...	Anson **had eaten** some snacks before he ate dinner. Anson 吃晚餐前已經先吃了一些點心。
否定	S + hadn't + Vpp...	Anson **hadn't eaten** any snacks before he ate dinner. Anson 沒有在吃晚餐前先吃一些點心。
疑問	Had + S + Vpp...?	**Had** Anson **eaten** any snacks before he ate dinner? Anson 有在吃晚餐前先吃一些點心嗎？

文法小精靈

hadn't 也可寫為 had not。

(2) 主要用法

    過去完成式經常和「過去簡單式」搭配使用。過去完成式用來描述「先完成的動作」，而過去簡單式則描述「後完成的動作」。常用搭配為 before、when 來區分動作先後順序。

• We **had decorated** the Christmas tree <u>before</u> Mom **got** home.
我們在媽媽回到家之前就已經裝飾好了耶誕樹。

• The cruise ship **had set** sail <u>when</u> the tour group **arrived** at the harbor.
這艘遊輪在旅行團抵達港口時就已經啟航了。

練習8

請依句意選出最適當的答案。

_____ 1. Before the graduation ball _____, the principal had given a speech.

    (A) starts   (B) started   (C) start   (D) was starting

_____ 2. The residents had evacuated from the village before the typhoon _____ Taiwan.

    (A) struck   (B) had struck   (C) strikes   (D) was striking

_____ 3. Stacy told me that she _____ this exhibition.

    (A) sees   (B) was seeing   (C) had seen   (D) see

3-3. 未來完成式

(1) 基本句型

肯定	S + will + have + Vpp...	When the boss calls, Sarah **will have finished** the report. 當老闆來電時，Sarah 將已經把報告完成。
否定	S + won't + have + Vpp...	When the boss calls, Sarah **won't have finished** the report. 當老闆來電時，Sarah 將還無法把報告完成。
疑問	Will + S + have + Vpp...?	**Will** Sarah **have finished** the report when the boss calls? 當老闆來電時，Sarah 將已經把報告完成了嗎？

文法小精靈

won't 也可寫為 will not。

(2) 主要用法

    未來完成式經常和「現在簡單式」搭配使用。現在簡單式用來表示「在未來的某個動作或時間」，而未來完成式則表示「在該時間前就已經完成的事」。此句型常搭配 by the time + 子句 (注意子句內的動詞要用現在簡單式) 或 by + 未來時間。

· By the time the guests **arrive**, Tina **will have vacuumed** the whole house.

在客人抵達之前，Tina 將已經用吸塵器打掃過整間房子了。

(arrive 以現在簡單式代替未來式)

· By next May, my parents **will have married** for forty years.

到明年五月時，我的父母親將已經結婚滿四十年了。

練習 9

請依句意圈選出最適當的**動詞時態**。

1. By the time the flowers in the yard (will bloom / bloom), you will have gone abroad.

2. By the end of this year, the manga artist (have finished / will have finished) the final volume.

三、練習解答

1.	I. 1. buys	2. pays	3. relaxes	4. tries	5. watches
	6. visits				
	II. 1. (B)	2. (A)	3. (A)		
2.	I. 1. closed	2. studied	3. enjoyed	4. jogged	5. quit
	6. cut				
	II. 1. used	2. was	3. snowed		
3.	1. (A)	2. (B)	3. (D)		
4.	I. 1. sitting	2. dancing	3. waiting	4. crying	5. shopping
	6. typing				
	II. 1. is baking	2. smell	3. owe	4. is singing	
5.	1. was jogging	2. was reading	3. was having	4. occurred	
6.	1. come	2. will be watching	3. will be hovering		
7.	1. (C)	2. (D)	3. (B)		
8.	1. (B)	2. (A)	3. (C)		
9.	1. bloom	2. will have finished			

第五章
語態

 練習解答

一、基本觀念

在英文中，句子的表達可以使用主動語態(Active voice)或是被動語態(Passive voice)，這兩者的差異大致上在於主詞是動作的執行者或是接受者。

試看以下兩句，觀察語意跟動詞形式的不同：

· The bird **ate** the bug.　鳥吃掉了蟲子。(鳥是「吃」這個動作的執行者)
· The bug **was eaten by** the bird.　蟲子被鳥吃掉了。
(蟲子是「吃」這個動作的接受者)

以上兩句的語意其實差不多，但強調的主體不同。第一句強調「鳥」去吃蟲；第二句強調「蟲」是被鳥給吃掉的。

二、學習重點

1. 主動改被動的規則

由上述的例句可以推導出將「主動」語態改為「被動」語態的規則如下：

主動語態	S + **vt.** + O.	The bird + **ate** + the bug.
被動語態	S (原O) + **be V** + **Vpp** + by + O (原S).	The bug + **was eaten** + by + the bird.

「被動語態的 be 動詞」與「主動語態的動詞」時態必須一致，並配合新主詞而「改變單複數」。被動語態中可用介系詞 by 連接原本在主動語態中的主詞來表示「被…、受到…」。

文法小精靈
被動語態中的 by + O 常會被省略，除非要強調「動作的執行者」。

練習 I

請判斷下列句子的語態應為**主動**或**被動**，並圈選出正確的**動詞形式**。

1. 主動 / 被動：The first airplane (invented / was invented by) the Wright brothers.

2. 主動 / 被動：The amateur artist (painted / was painted by) the portrait.

2. 不同時態的被動語態

本表以 Ed plants trees. 為例，依據「主動」改「被動」的規則列出不同時態的被動語態句型。

簡單式	現在	主動	S + V / Vs + O.	Ed **plants** trees.
		被動	S + **am / is / are** + Vpp + by + O.	Trees **are planted** by Ed.
	過去	主動	S + **V-ed** + O.	Ed **planted** trees.
		被動	S + **was / were** + Vpp + by + O.	Trees **were planted** by Ed.
	未來	主動	S + **will V** + O.	Ed **will plant** trees.
		被動	S + **will be** + Vpp + by + O.	Trees **will be planted** by Ed.
進行式	現在	主動	S + **am / is / are** + V-ing + O.	Ed **is planting** trees.
		被動	S + **am / is / are** + being + Vpp + by + O.	Trees **are being planted** by Ed.
	過去	主動	S + **was / were** + V-ing + O.	Ed **was planting** trees.
		被動	S + **was / were** + being + Vpp + by + O.	Trees **were being planted** by Ed.
完成式	現在	主動	S + **has / have** + Vpp + O.	Ed **has planted** trees.
		被動	S + **has / have** + been + Vpp + by + O.	Trees **have been planted** by Ed.
	過去	主動	S + **had** + Vpp + O.	Ed **had planted** trees.
		被動	S + **had** + been + Vpp + by + O.	Trees **had been planted** by Ed.
	未來	主動	S + **will** + have + Vpp + O.	Ed **will have planted** trees.
		被動	S + **will** + have + been + Vpp + by + O.	Trees **will have been planted** by Ed.

練習2

請將下列句子改寫成**被動語態**。

1. The mechanic is fixing Mr. Xie's car right now.

_____

2. The professor invited a guest speaker to his class last week.

_____

3. The school will hold a welcome party for all exchange students this Saturday.

_____

4. Jacob has watched the movie twice.

_____

5. The burglar had taken away all the valuables before the Jacksons came home.

_____

3. 各類動詞的被動語態

3-1. 情態助動詞的被動

　　主動語態的句子中有情態助動詞 shall / should、can / could、will / would、may / might、must，改為被動時須保留相同的情態助動詞。

- The police <u>should</u> **publish** a full investigation report on this murder.
  警方應該針對這起謀殺案公布一份完整的調查報告。
→ A full investigation report on this murder <u>should</u> **be published** by the police.
  一份針對這起謀殺案的完整調查報告應該被警方公布。
- You <u>must</u> **return** the book to the library before this Friday.
  你必須在本週五之前將這本書歸還給圖書館。
→ The book <u>must</u> **be returned** to the library (by you) before this Friday.
  這本書應該在本週五前 (由你) 歸還給圖書館。

文法傳送門　情態助動詞的詳細用法請見第六章：助動詞。

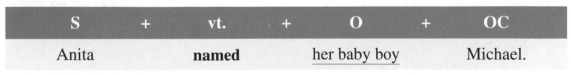 練習3

I. 請依句意選出最適當的答案。

_____ 1. The medicine should _____ out of the reach of children.

(A) being kept　(B) be keeping　(C) be kept　(D) keep

_____ 2. All electronic devices must _____ off before the plane takes off.

(A) be switching　(B) be switched　(C) switch　(D) being switched

II. 句子重組。

1. fixed / can be / Your smartphone / in half an hour

_____

2. regarding electric motorcycles / enacted / may be / New traffic regulations / within this year

_____

3-2. 不完全及物動詞的被動

　　S + vt. + O + OC 句型中的動詞若為 name (命名；選定)、call (稱呼)、elect (選舉)、appoint (指派) 等，其受詞補語通常為名詞，這類動詞在改為被動語態時要注意：必須將原主動語態句子中的受詞改為新主詞，不可使用受詞補語作新主詞。

主動語態：

S	+	vt.	+	O	+	OC
Anita		**named**		her baby boy		Michael.

Anita 將她的兒子取名為 Michael。

被動語態：

S	+	be V + Vpp	+	SC	+	by + O
Anita's baby boy		**was named**		Michael		by her.

Anita 的兒子被她取名為 Michael。

請依提示填入正確的**動詞形式**。

1. This billionaire ＿＿＿＿＿＿ (elect) the new President of the country yesterday.

2. The Eiffel Tower ＿＿＿＿＿＿ (consider) a global cultural icon of France since 1889.

3. Luis ＿＿＿＿＿＿ (appoint) the next manager when the current one retires.

3-3. 感官動詞的被動

感官動詞 see、hear 在主動語態時，若是接「受詞 + 原形動詞」的句型，在改為被動語態時，須在該原形動詞前加 to。

主動語態：

S	+	vt.	+	O	+	V
Emma		**saw**		a thief		break into the office.

Emma 看到一個小偷闖入辦公室。

被動語態：

S	+	be V + Vpp	+	to V	+	by + O
A thief		**was seen**		to break into the office		by Emma.

一個小偷被 Emma 看到闖入辦公室。

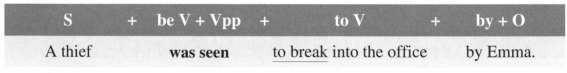

請依題意寫出正確的**動詞形式**。

1. A lightning ＿＿＿＿＿＿ (see) to strike that tree in the distance by us three minutes ago.

2. Veronica ＿＿＿＿＿＿ (listen) to her parents talk about her friends last night.

3. Dylan ＿＿＿＿＿＿ (hear) to sing songs in the bathroom by his roommates every day.

3-4. 使役動詞的被動

使役動詞 make 以被動語態表示時，其後所接的動詞須為 to + 原形動詞。

主動語態：

S	+	vt.	+	O	+	V
The robber		**made**		the clerk		take out all the money.

搶匪強迫店員把錢全部拿出來。

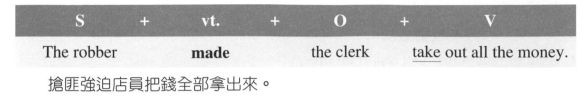

被動語態：

S	+	be V + Vpp	+	to V	+	by + O
The clerk		**was made**		to take out all the money		by the robber.

店員被搶匪強迫把錢全部拿出來。

練習6

請將下列句子改為**被動語態**。

1. The box-office staff made Martha keep her voice down in the movie theater.

_____

2. Milo makes his son go to the gym.

_____

3-5. 片語類的被動

有些片語與片語動詞 (動詞 + 介系詞 / 副詞) 後可接受詞，可用 S + V + prep. / adv. + O 句型呈現。改寫為被動語態時須注意，必須將介系詞 / 副詞完整寫出，不可遺漏。

- When I am away, my parents will **look after** my pet dogs.
  每當我不在家時，我的父母親都會照顧我的狗兒。
- → When I am away, my pet dogs will **be looked after** by my parents.
  每當我不在家時，我的狗兒都會由我的父母親照顧。
- Consumers **looked down on** the company because it sold expired food.
  消費者看不起這間公司，因為它販賣過期食品。

→ The company **was looked down on** by consumers because it sold expired food.　這間公司被消費者看不起，因為它販賣過期食品。

 練習7

請將下列句子改為**被動語態**。

1. Kyle turned in his final report on time.

　　————————————————————————————————

2. Mother Teresa took care of the poor.

　　————————————————————————————————

4. 被動語態的其他用法

4-1. 普遍性說法

　　當主動語態中的主詞為 people、they、you、we、everybody 等泛指一般的「人」時，改為被動語態時可將 by + 人省略不寫。

‧People **dumped** their waste in the river.　人們把廢棄物傾倒到河裡。

→ Waste **was dumped** in the river (by people).　廢棄物被 (人們) 傾倒在河裡。

‧We **use** English in many countries, including the U.S. and Australia.
在許多國家我們都使用英文，包括美國和澳大利亞。

→ English **is used** (by us) in many countries, including the U.S. and Australia.
英文在許多國家被 (我們) 使用，包括美國和澳大利亞。

練習8

請依上下文意，選出最適當的答案。

_____ 1. The story of Qu Yuan _____ down from generation to generation.

(A) passing　　　　　　　　(B) is passed

(C) passed　　　　　　　　(D) been passed

_____ 2. The importance of health _____ over and over.

(A) is emphasized　　　　　(B) emphasizes

(C) is emphasizing　　　　　(D) be emphasized

4-2. 強調動作的接受者

當動作的執行者不明確，或是說話的重點在於「動作的接受者」時，常用被動語態。

- The couple **were killed** in a plane crash.　這對夫妻在空難中身亡。
- Many innocent civilians **were** badly **injured** in the air raid.
  許多無辜民眾在空襲中受到重傷。

練習9

句子重組。

1. were washed away / Due to the flood, / homes / many people's

_____

2. due to / were laid off / Many workers / the economic recession

_____

4-3. 客觀的語氣

被動語態的句型 It + be V + Vpp + that + S + V 常用來避免主觀或武斷的陳述，以 It 為虛主詞來代替後面 that 所帶出的名詞子句，藉以在語氣上表示客觀。這一類的句型可使用的動詞有：say (說)、report (報導)、believe (相信)、expect (預料)、think (認為)、rumor (謠傳) 等。若要將此句型改為主動語態，則可使用 people、they 或是其他泛指一般人的字來當主詞。

- **It is believed that** the groom should not see the bride before the wedding.
  據信新娘不應該在婚禮前見到新郎。
- → People **believe** that the groom should not see the bride before the wedding.
  人們相信新娘不應該在婚禮前見到新郎。
- **It was said that** the house was haunted by ghosts.
  據說這間房子鬧鬼。
- → They **said** that the house was haunted by ghosts.
  他們說這間房子鬧鬼。

練習10

填充式翻譯。

1. 謠傳貴族藍鬍子殺掉他歷任的妻子，並且把屍體藏在地窖裡。

   It ＿＿＿＿＿ ＿＿＿＿＿ ＿＿＿＿＿ the nobleman Bluebeard had murdered his wives and hid their bodies in the vault.

2. 根據報導，印尼發生了海嘯。

   It ＿＿＿＿＿ ＿＿＿＿＿ ＿＿＿＿＿ a tsunami occurred in Indonesia.

3. 據說他已經生病好一陣子了。

   It ＿＿＿＿＿ ＿＿＿＿＿ ＿＿＿＿＿ he has been ill for a while.

5. 與被動語態搭配的介系詞

被動語態大多搭配 by 來表示「動作的執行者」，不過除了 by 之外，還有其他介系詞也常與被動語態搭配。

be V	+	covered	+	with	覆蓋
		filled			充滿
		crowded			擠滿
		equipped			具備

· The ground **was covered** with fallen leaves.　地上蓋滿了落葉。
· The glass jar **is filled** with sand.　玻璃瓶中裝滿了沙子。
· The bus **was crowded** with passengers.　巴士上擠滿了乘客。
· To find a decent job, you have to **be equipped** with good language skills.
　要想找到一份好工作，你必須具備良好的語言技能。

| be V | + | married | + | to | 與…結婚 |
| | | known | | | 為…所知 |

· To everyone's surprise, the Japanese princess **was married** to a commoner.
　讓每個人大感意外的是，這位日本公主與一個平民結婚。
· The hospitality of Taiwanese people **is known** to the world.
　臺灣人民的好客是四海皆知的。

| be V | + | dressed | + | in | 穿著 |
| | | engaged | | | 捲入 |

- Mrs. Klamsky **was dressed** in black at the funeral.
  Klamsky 太太穿著一身黑色的衣服出席喪禮。
- Fred was arrested because he **was engaged** in a gang fight.
  Fred 被逮捕了，因為他被捲入幫派鬥毆事件。

| be V | + | made | + | of | 由…製成 (本質不變) |

- The T-shirt **is made** of cotton.　這件 T 恤是棉製的 。

| be V | + | known | + | for | 以…聞名 |

- Hakka cuisine **is known** for its sun-dried or fermented food.
  客家美食以日曬或是醃漬類的食物而聞名。

| be V | + | made | + | from
into | 由…製成 (本質改變)
被製成… (本質改變) |

- The beer **is made** from rye. = Rye **is made** into the beer.
  這款啤酒以黑麥製成。

| be V | + | known | + | as | 即眾所皆知的… |

- New York City **is known** as the "Big Apple."
  紐約市即眾所皆知的「大蘋果」。

練習11

請依題意選出正確搭配的**介系詞**。

1. 法國羅浮宮以收藏了〈蒙娜麗莎〉的真跡而著名。
   The Louvre Museum in France is known (as / for / to) its collection of the authentic painting of the *Mona Lisa*.
2. Phoebe 穿著套裝參加工作面試。
   Phoebe is dressed (for / with / in) a suit to attend her job interview.
3. 這位歌手的童年時期充滿了不愉快的回憶。
   The singer's childhood was filled (with / by / into) unhappy memories.

6. 沒有被動語態的情況

6-1. 不及物動詞通常沒有被動

- The movie **lasts** for two and half an hour.　這部電影長達兩個半鐘頭。
- This national park **belongs** to the government.
  這座國家公園隸屬於政府所有。
- The explosion **occurred / took place / happened** at midnight.
  爆炸案發生在半夜。
- The American Civil War **broke out** in 1861.
  美國內戰於 1861 年爆發。(broke out 為不及物片語動詞)

6-2. 連綴動詞沒有被動

- The weather **is getting** cooler.　天氣漸漸變涼了。
- Albert **seemed** a little nervous on his first date.
  Albert 在他的第一次約會顯得有點緊張。

6-3. 有些及物動詞不用被動

- This jacket **cost** me six hundred dollars.　這件夾克花了我六百元。
- It **took** the mechanic the whole morning to fix my car.
  技師花了一整個早上才修理好我的車。
- The girl closely **resembles** the woman. They must be mother and daughter.
  這個女孩和那個女士長得很像。她們一定是母女。

6-4. 反身代名詞或表示互相的代名詞作受詞時，通常不能改成被動

- Tom **introduced** <u>himself</u> in front of the class.
  Tom 在全班面前介紹自己。(反身代名詞)
- People should **help** <u>each other</u>.　人們應該互相幫助。(表示「互相」的代名詞)

練習12

請依句意選出最適當的答案。

_____ 1. The epidemic of Ebola virus disease _____ out in West Africa, causing serious loss of life.

    (A) break   (B) is broken   (C) broke   (D) was broken

_____ 2. This place _____ different from what I used to remember.

    (A) was looked   (B) is looking   (C) is looked   (D) looks

_____ 3. He _____ himself accidentally.

    (A) was hurt   (B) hurt   (C) is hurt   (D) was been hurt

三、練習解答

1.   1. 被動；was invented by   2. 主動；painted

2.   1. Mr. Xie's car is being fixed by the mechanic right now.

    2. A guest speaker was invited by the professor to his class last week.

    3. A welcome party will be held by the school for all exchange students this Saturday.

    4. The movie has been watched twice by Jacob.

    5. All the valuables had been taken away by the burglar before the Jacksons came home.

3.   I. 1. (C)   2. (B)

    II. 1. Your smartphone can be fixed in half an hour.

      2. New traffic regulations regarding electric motorcycles may be enacted within this year.

4.   1. was elected   2. has been considered   3. will be appointed

5.   1. was seen   2. listened   3. is heard

6.   1. Martha was made to keep her voice down in the movie theater by the box-office staff.

    2. Milo's son is made to go to the gym by Milo.

7.   1. Kyle's final report was turned in (by him) on time.

    2. The poor were taken care of by Mother Teresa.

8.   1. (B)   2. (A)

9.   1. Due to the flood, many people's homes were washed away.

    2. Many workers were laid off due to the economic recession.

10.   1. was ; rumored ; that   2. is / was ; reported ; that

3. is ; said ; that

11.　　1. for　　　　　2. in　　　　　3. with

12.　　1. (C)　　　　　2. (D)　　　　　3. (B)

第六章
助動詞

一、基本觀念

常見的助動詞可分為一般助動詞 (auxiliary verb) 與情態助動詞 (modal verb) 兩大類。

一般助動詞有 be 動詞 (am / is / are / was / were / be / being / been)、have / has / had、do / does / did 等，它們本身沒有任何實質的語意，必須跟主要動詞連用，可以幫助形成語態、時態、語氣等。

· **Is** the wizard making magic potious?　這名巫師正在製作魔法藥水嗎？

情態助動詞有 will / would、shall / should、can / could、may / might、must、ought to、had to、 used to 等，它們在英文的句子中含有：將會、應該、能力、可能、義務、請求、祈願、許可、禁止等諸多不同的語意。

· The wizard **can** do magic with his magic wand.
這名巫師可以用他的魔杖施展魔法。

二、學習重點

1. 一般助動詞的特性

一般助動詞本身並沒有語意，這是它們與主要動詞 (又稱為行為動詞) 最大的不同之處。雖然有些一般助動詞也可以當作主要動詞來使用，例如 be 動詞 (是)、do / does / did (做)、have / has / had (有；吃) 等，不過當它們放在其他主要動詞之前，就變成沒有語意的一般助動詞，用來讓英文句具備疑問句、否定句、簡答、時態、語態、語氣等功能。

1-1. 放在句首可形成疑問句
· **Do** you <u>speak</u> Japanese?　你會說日文嗎？ (Do 是助動詞；speak 是主要動詞)
· **Was** Sam <u>taking</u> a shower at ten o'clock last night?
昨天晚上十點 Sam 在洗澡嗎？ (Was 是助動詞；taking 為主要動詞的現在分詞形式)

· **Has** the mayor <u>gone</u> to Europe to attend the meeting?

市長已經去歐洲參加會議了嗎？(Has 是助動詞；gone 為主要動詞的過去分詞形式)

1-2. 與 **not** 連用可形成否定句

· I **don't** <u>smoke</u>.　我不抽菸。(do 是助動詞；smoke 是主要動詞)

· Mia **isn't** <u>coming</u> to her cousin's wedding tomorrow.

Mia 明日將不會出席她堂姐的婚禮。

(is 是助動詞；coming 為主要動詞的現在分詞形式)

· Tim **hasn't** <u>had</u> lunch yet.　Tim 還沒有吃午餐。

(has 是助動詞；had 為主要動詞的過去分詞形式)

1-3. 代替前面出現過的主要動詞

一般助動詞可在簡答或直述句中代替前面出現過的主要動詞。

· My parents <u>love</u> traveling as much as I **do**.　我的雙親和我一樣熱愛旅行。

(助動詞 do 代替前述的主要動詞 love)

· Jim: **Do** you <u>like</u> kimchi?　你喜歡泡菜嗎？(Do 是助動詞；like 是主要動詞)

Mr. Pak: Of course, I **do**.　我當然喜歡。(助動詞 do 代替前述的主要動詞 like)

📦 練習1

請依句意填入適當的**助動詞** (be 動詞、have / has / had、do / does / did)，每格限填一字。

1. ＿＿＿＿＿＿＿ you drink coffee every morning?

2. Alfie ＿＿＿＿＿＿＿ absent last Friday.

3. I enjoy baking more than Julie ＿＿＿＿＿＿＿ .

4. They ＿＿＿＿＿＿＿ taken the driver's license test recently.

1-4. 可幫助形成時態

(1) be 動詞當作一般助動詞時，可搭配主要動詞的現在分詞 (V-ing) 形成進行式
與未來式。

❶ be V + V-ing 可形成進行式。

· Liz **is** <u>practicing</u> her speech in front of a mirror.　Liz 正在鏡子前面練習演講。

(be 動詞 is 是用來形成進行式的助動詞，搭配現在分詞 practicing)

❷ be V + V-ing 可形成未來式，常搭配的 V-ing 有 going、coming、arriving 等。

- Larry and Mary **are** going to tie the knot next week.

  Larry 和 Mary 下星期要結婚了。

  (be 動詞 are 是用來形成未來式的助動詞，搭配現在分詞 going)

(2) have / has / had 當作一般助動詞時，可搭配主要動詞的過去分詞 (Vpp) 形成完成式。have / has + Vpp 為現在完成式；had + Vpp 為過去完成式。

- After years of practicing, Lang Lang **has** become a globally-recognized pianist.　經過經年累月的練習，郎朗已經成為享譽全球的鋼琴家。

  (has 是用來形成現在完成式的助動詞，搭配過去分詞 become)

- Dinosaurs **had** lived on this planet long before humans appeared.

  恐龍早在人類出現以前就已經生活在地球上。

  (had 是用來形成過去完成式的助動詞，搭配過去分詞 lived)

1-5. 可幫助形成語態

be 動詞當作一般助動詞時，可搭配主要動詞的過去分詞 (Vpp) 形成被動語態。

- After the accident, Mr. Wazowski's car **was** sent to a garage for repair.

  車禍之後，Wazowski 先生的車被送到修車廠修理。

  (be 動詞 was 是用來形成被動語態的助動詞，搭配過去分詞 sent)

練習2

請依句意圈選出正確的**助動詞**。

1. Delia (is / has) coming to the party tonight.
2. Tom (has / was) born in October.
3. They (are / have) playing table tennis at school.
4. Laura (has / had) finished the housework when her mom came back.

1-6. 可用來加強語氣

do / does / did 當作一般助動詞時，如果放置於肯定直述句的主要動詞之前，則具有加強語氣的作用，而且此時其後的主要動詞必須使用原形動詞。

- Mike's friends **do** <u>want</u> him to join the singing competition.
  Mike 的朋友們真的很想要他去參加歌唱比賽。(do 是助動詞；want 是主要動詞)

1-7. **do** / **does** / **did** 當作一般助動詞時的規則

do / does / did 當作一般助動詞時，其後的主要動詞必須使用原形動詞。

- **Do** you <u>reckon</u> that he will show up eventually?　你認為他最後會出現嗎？
  (Do 是助動詞；reckon 是主要動詞)

1-8. **be** 動詞、**have**、**do** 當作一般助動詞時有單複數變化

be 動詞、have、do 當作一般助動詞時會隨著主詞不同，而有單複數變化。

- Allen **was** <u>dismissed</u> from the hospital after his wound **was** well <u>treated</u>.
  Allen 在傷口受到良好的治療之後就出院了。
  (Allen 與 his wound 為第三人稱單數，助動詞用 was，搭配過去分詞 dismissed 和 treated)

- Lena **has** <u>overcome</u> her fear of flying.　Lena 已經克服對於飛行的恐懼。
  (Lena 為第三人稱單數，助動詞用 has，搭配過去分詞 overcome)

- **Does** Susan <u>major</u> in French?　Susan 主修法文嗎？
  (Susan 為第三人稱單數，助動詞用 does，major 是主要動詞)

練習3

請依句意選出最適當的答案。

_____ 1. I like to listen to rock music, and so _____ Sam.
  (A) is　　　　(B) does　　　(C) was　　　(D) has

_____ 2. Did Peter _____ his parents a call yesterday?
  (A) gives　　(B) gave　　　(C) give　　　(D) given

_____ 3. The head coach _____ looking for talented players at the baseball tryout.
  (A) is　　　　(B) has　　　(C) does　　　(D) did

2. 情態助動詞的特性

　　有些情態助動詞也有類似前述一般助動詞的特性，例如通常可放在句首形成疑問句、與 not 連用形成否定句，以及在簡答或直述句中代替已出現過的主要

動詞等。

　　情態助動詞與一般助動詞最大的差別在於：情態助動詞是有語意的助動詞，用以輔助其後的主要動詞，使其產生不同的語氣和語意。常見的情態助動詞有 can / could、will / would、shall / should、may / might、must、had to 與 used to 等。

2-1. 不同的情態助動詞可能會同時出現

　　不同的情態助動詞可能會出現在同一個情境中，只是語氣上有細微的差異而已。

- "I **will** and I **can** make it," the boy said to himself.
  男孩對自己說：「我將會而且我可以辦得到。」

  (will 與 can 是情態助動詞；make 是主要動詞)

2-2. 搭配一般助動詞的規則

　　情態助動詞之後可直接加上一般助動詞使用，但是不能將數個情態助動詞直接連著使用。

- The construction of this bridge **will have been** completed by next summer.
  這座橋明年夏天之前就會建造完成了。

  (will 是情態助動詞；have 與 been 是一般助動詞，搭配過去分詞 completed)

2-3. 通常沒有單複數變化

　　情態助動詞通常不須配合不同主詞做單複數的變化。

- Georgiana **might** need the book.　　Georgiana 可能會需要那本書。

  (might 是情態助動詞；need 是主要動詞)

練習4

請依句意選出最適當的答案。

_____ 1. Debby should _____ to her friends for being so late, but she didn't.

    (A) to apologize　　　　　　(B) apologized

    (C) will apologize　　　　　　(D) have apologized

_____ 2. A well-trained guide dog _____ read the traffic light.

    (A) ×　　　(B) cans　　　(C) can　　　(D) can have to

_____ 3. _____ you like to have a drink?

  (A) Must (B) Should (C) Could (D) Would

2-4. 各種情態助動詞的用法

(1) can / could

❶ can 的過去式為 could，兩者皆表示能力，語意為「能夠，會；可以」；也可以表示「某事實現的可能性」。

· The Chinese poet **could** compose a poem within seven steps.
　這位中國詩人能夠在七步之內做出一首詩。(表示能力)

· Eating too much candy **can** cause cavities.
　吃太多糖果可能會導致蛀牙。(表示某事實現的可能性)

文法小精靈
　can / could 可以代換成 be V + able + to，不過 be V + able + to 的主詞通常是人或動物。

❷ 表示強烈懷疑或是推測，意同 be V + likely + to，常見於否定句及疑問句中。

· You **can't** be serious about quitting the job!
　對於辭去工作，你不會是認真的吧！(表示強烈懷疑)

· Where **could** Dad put his keys?　爸爸會把他的鑰匙放在哪裡？(表示推測)

❸ 用來請求他人幫忙、向他人索求某物或是請求、給予許可，語氣上 could 比 can 要來得更客氣委婉，這與句子是否為過去式無關。

· **Can / Could** you lift the box for me?　你可以幫我抬起箱子嗎？(請求他人幫忙)

· **Can / Could** I have a smoked salmon sandwich and a large latte, please?
　請給我一份煙燻鮭魚三明治和一杯大拿鐵，謝謝？(向他人索求某物)

· "Dad, **can / could** I borrow your car today?" asked Rupert.
　Rupert 問道：「爸，我今天可以跟你借車嗎？」(請求許可)

· Students **can / could** get a thirty percent discount if they present their student cards at the time of purchase.
　學生在購買時出示學生證即可獲得七折優待。(給予許可)

練習5

句子重組。

1. and play / The little girl / at the same time / the piano / can sing

_____

2. be / Can / real / the news

_____

3. my ladder / asked me / could borrow / My neighbor / if he

_____

(2) will / would

❶ will 可縮寫為 'll，而 would 可縮寫為 'd。

- You **will** be late if you don't leave right now.

  = You**'ll** be late if you don't leave right now.

  如果你不現在走的話，你將會遲到。

- I **would** appreciate it if you came to my party.

  = I**'d** appreciate it if you came to my party.

  如果你能來參加我的派對的話，我將不勝感激。

❷ will 可以幫助形成未來式時態，表示「將來可能發生…；有意願…」，亦可以代換成 be V + going to。

- A cold front **will** arrive tomorrow.　一道冷鋒明天將會抵達。(表示將來可能發生)

- Jeff **will** take your shift if you need to take sick leave.

  如果你要請病假的話，Jeff 願意幫你代班。(表示有意願)

❸ would 除了是 will 的過去式，也可以表示客氣的請求或是過去的習慣 (即 used to)。

- **Would** you mind not smoking here?

  請你不要在此處吸菸好嗎？(表示客氣的請求)

- When Leo was still single, he **would** treat the girl he liked to a candlelit dinner.

  Leo 還是單身的時候，習慣帶他喜歡的女生去吃燭光晚餐。(表示過去的習慣)

練習6

中翻英。

1. Ray 的孩子們後天將在樹屋裡睡一晚。

_____

2. 可以請你關門嗎？

_____

(3) shall / should

❶ shall + I / we 可用來表示提供協助以及提出建議來詢問他人的意願，或是徵求他人的許可。

- **Shall** I call the police for you?　要不要我幫你報警？ (提供協助)
- **Shall** we discuss the project?　我們要不要討論一下這個計畫？
  (提出建議來詢問他人的意願)
- Let's call it a day, **shall** we?　我們就先到此為止，好嗎？ (徵求他人的許可)

❷ should 可以用來向他人推薦某事物。

- That bistro serves the best pie in town. You **should** give it a try.
  那家小餐館的派是鎮上最美味的。你應該找機會試試。(向他人推薦某事物)

❸ should 用來表示義務時，也常中譯為「應該」，亦可用 ought to 來替換。

- We **should** protect the environment we live in.
  = We ought to protect the environment we live in.
  我們應該保護我們居住的環境。
- People **shouldn't** drink and drive. = People ought not to drink and drive.
  人們不應該酒駕。

❹ should + have + Vpp 表示「當時應該做卻沒有做到」，而 shouldn't + have + Vpp 表示「過去不應該做卻做了」。

- Kelly **should** have told her parents how much she loved them when she still had the chance.
  Kelly 應該在她還有機會的時候告訴她的爸媽她有多愛他們。
- Monica **shouldn't** have kept us in the dark about her decision to get married next month.
  Monica 不應該一直不告訴我們她打算下個月結婚的事。

❺ should 經常出現在表示「建議；要求；堅持；命令」等動詞所引導的名詞子句中，此時名詞子句之中的 should 可以被省略，其後依然使用原形動詞。

表示「建議」的動詞	suggest、advise、propose、recommend
表示「要求」的動詞	ask、demand、request、require
表示「堅持」的動詞	insist
表示「命令」的動詞	order、command

- The ambassador proposed that the two countries (**should**) sign a peace treaty.
  大使建議兩國應簽訂和平條約。
- Jane insisted that she (**should**) finish the breakfast before she went to work.
  Jane 堅持她把早餐吃完才能去上班。
- The manager requested that the floor (**should**) be kept dry and clean all the time. 經理要求地板必須一直保持乾燥乾淨。

練習7

中翻英。

1. 你那時真的應該要親自去看看那個展覽。

_____

2. 我們現在應該要立刻出發去機場了。

_____

3. 媽媽建議我出門前要穿件外套。

_____

(4) may / might

❶ may 與 might 表示「也許」，用來猜測未來有可能會發生的事。而用 may 所代表的發生機率比用 might 所代表的機率要高出許多，這與句子是否為過去式無關。

- It **may** rain today, and it **might** snow as well.
  今天可能會下雨，甚至有可能會下雪。
- Amy **may** visit her friend in Taipei, and she **might** stay the night there.
  Amy 也許會去臺北找朋友，她甚至有可能在那裡過夜。

❷ May I...? 常用來請求許可或是向他人索求某事物。

- **May** I ask you a question? 我可以問你一個問題嗎？(請求許可)
- "**May** I see your passport?" the customs officer said to the traveler.
  海關人員對這名旅客說：「我可以看一下你的護照嗎？」(向他人索求事物)

❸ may 表示「祝福；祈願」之意時，其句型為 May + S + V。

- **May** you have a happy weekend. 祝福你有個愉快的週末。

練習8

句子重組。

1. you / wonderful time / here / May / have a

_____

2. I / May / name / have / your

_____

3. visit us / said / come to / Tony / he might

_____

(5) must

❶ must 通常帶有「義務；強迫」的意味，表示「有必要做…」。若要表達在過去的時間「有必要做…」，則須用 had to + V。

- Janet **must** pay back her student loan regularly by month.
  Janet 必須定期按月償還學生貸款。
- Anyone who wishes to join the event **must** submit his or her application before the end of this month. 欲參加活動者必須於本月底前提出申請。
- Leo had to take a day off to see a doctor yesterday.
  Leo 昨天必須請假一天去看醫生。

❷ 對於以 must 形成的疑問句，肯定的回答為 Yes, S + must...；而否定的回答為 No, S + don't / doesn't + have to...。

- Peggy: Mom, **must** I fold the clothes now? 媽媽，我現在一定要摺衣服嗎？
  Mother: Yes, you must. 是的，妳必須做。
- Ted: Joey, **must** I build a campfire now? Joey，我必須升營火了嗎？
  Joey: No, you don't have to. 不，你不必做。

❸ must not / mustn't + V 表示「嚴格禁止」。

· Museum visitors **must not / mustn't** take pictures inside or touch the displayed artworks. 博物館的訪客不得在館內拍照以及觸摸展示品。

· People **must not / mustn't** cross the border without necessary documents. 人民如無必要之文件不得跨越邊界。

❹ must + V 可表示「對現在的肯定推測」；must + have + Vpp 表示「對過去的肯定推測」。

· The phone is ringing. It **must** be Willy. 電話響了。一定是 Willy 打來的。
(對現在的肯定推測)

· A car **must** have been parked here, for the ground is all wet except for this small area.
這裡一定先前停了一輛車，因為除了這一小塊區域以外的地都是溼的。
(對過去的肯定推測)

練習9

請圈選出適當的答案。

1. Every student must (obey / to obey) the school rules.

2. Must I take over the family business? Yes, you (have / must).

3. Kurt was not at home last night. He (must went / must have gone) out with his girlfriend.

(6) used to

❶ used to 表示「過去經常…」，其後接原形動詞，意指「以前有一段時間經常做…，但現在不做了」，所以不會有進行式。

· Cecilia **used to** go clubbing with her friends, but she doesn't do it now.
Cecilia 以前常跟朋友去夜店玩，不過她現在不這麼做了。

· Before Colin moved to another city, he and his family **used to** have barbeque parties on weekends.
在 Colin 搬去其他城市前，他和他的家人常在週末有烤肉聚會。

文法小精靈
若想表達「現在經常…；現在習慣於…」，可用 am / is / are + used to + V-ing。

❷ used to 的疑問句型為 Did + S + use to + V?；而否定句型應為 S + didn't + use to + V。

　　· **Did** Katrina and Sherry **use to** <u>be</u> friends?

　　　Katrina 與 Sherry 兩個人本來是朋友嗎？

　　· Ruby **didn't use to** <u>work</u> night shifts.　Ruby 以前不常上晚班。

 文法小精靈

　　另外還有一種更為正式的否定句型為 S + used not to + V，較常出現在英式英文的書寫之中。

練習10

請圈選出適當的答案。

1. There used to (be / being) a skating rink in the neighborhood.

2. Aliz didn't use to (eating / eat) green peppers, but she likes to eat them now.

3. (Shall / Must) I call a taxi for you? You seem too drunk to walk home.

4. As a friend, I (had to / will) be there for you if you need me.

5. The government (is used to / should) take this issue seriously and do something about it.

6. (May / Can) he rest in peace.

7. (Could / Might) you hold the door for me?

 三、練習解答

1.	1. Do	2. was	3. does	4. have
2.	1. is	2. was	3. are	4. had
3.	1. (B)	2. (C)	3. (A)	
4.	1. (D)	2. (C)	3. (D)	

5.　　1. The little girl can sing and play the piano at the same time.

　　　2. Can the news be real?

　　　3. My neighbor asked me if he could borrow my ladder.

6.　　1. Ray's <u>kids</u> / <u>children</u> will spend one night in the tree house the day after tomorrow.

　　　2. <u>Would</u> / <u>Could</u> you please close the door?

7.　　1. You should really have seen the exhibition in person then.

　　　　2. We should leave for the airport right now.

　　　　3. Mother suggested / advised / proposed / recommended that I (should) put on a coat before I went out. 或 Mother suggests / advises / proposes / recommends that I (should) put on a coat before I go out.

8.　　1. May you have a wonderful time here.

　　　　2. May I have your name?

　　　　3. Tony said he might come to visit us.

9.　　1. obey　　　2. must　　　3. must have gone

10.　　1. be　　　2. eat　　　3. Shall　　　4. will　　　5. should

　　　　6. May　　　7. Could

第七章
名詞

一、基本觀念

英文中的名詞可概分為兩大類:「可數名詞」與「不可數名詞」。「可數名詞」有單數或複數形式;「不可數名詞」則通常只有單數形式。兩者在句子中一般都被視為第三人稱來看待。

英文名詞與中文名詞最大的不同點就在於英文字尾通常看得出單複數的區別,英文名詞的複數形式字尾通常為 s。

- The snake ate an egg.　那條蛇吃了一顆蛋。(egg 是單數形式)
- The snake ate some egg**s**.　那條蛇吃了一些蛋。(eggs 是複數形式)

二、學習重點

1. 名詞的用法

1-1. 作為句中主詞或主詞補語

- **Cindy** is our class leader.　Cindy 是我們的班長。(名詞 Cindy 為主詞)

= Our class leader is **Cindy**.　我們的班長是 Cindy。(名詞 Cindy 為主詞補語)

1-2. 作為句中受詞或受詞補語

- Mr. and Mrs. Cooper adore **their daughter**.

Cooper 夫婦非常疼愛他們的女兒。(名詞 their daughter 為受詞)

- Mr. and Mrs. Cooper named their daughter **Erika**.

Cooper 夫婦把他們的女兒命名為 Erika。(名詞 Erika 為受詞補語)

1-3. 名詞形成所有格的方式

名詞可依下列方式形成「所有格」,意思是「⋯的」,用來修飾其他名詞:

(1) 單數名詞,字尾直接加上「**'s**」。

- my **father's** job　我爸爸的工作
- the **lion's** roar　獅子的吼叫

(2) 複數名詞，字尾若是 s，字尾加「'」；字尾若非 s，字尾加「's」。

　‧ a **boys'** school　一所男校　　‧ **children's** playground　兒童遊戲區

(3) 以 and 連接的兩個名詞若為共同所有者，最後名詞字尾加「's」；若為個別所有者，兩個名詞字尾加「's」。

　‧ **Jay and Linda's** mom is a nurse.　Jay 和 Linda 的媽媽是一位護士。

　　(mom 為兩者共有的，其後接單數動詞)

　‧ **Kay's and Linda's** moms are nurses.　Kay 的媽媽和 Linda 的媽媽都是護士。

　　(moms 為兩者個別所有的，其後接複數動詞)

文法小精靈

「's」與「'」通常用來表示「有生命之名詞」的所有格。

(4) 無生命的名詞通常與 of 連用，the + 所有物 + of + 無生命名詞表示「無生命之名詞」的所有格。

　‧ the door of the hotel room　旅館房間的門

　‧ the opening hours of the restaurant　餐廳的營業時間

　‧ the objectives of the project　企劃案的目標

練習 1

請依提示填入適當的答案。

1. 可以告訴我校長辦公室在哪裡嗎？

　Could you show me where the ＿＿＿＿＿ (principal) office is?

2. Jason 的父親和 Joe 的父親以前是同班同學。

　＿＿＿＿＿＿＿＿ (Jason and Joe) dads were classmates.

3. 這位流行歌手在這間咖啡店的牆上簽上她的名字。

　The pop singer signed her name on the ＿＿＿＿＿ (wall) the café.

2. 可數名詞的單複數

　　可數名詞為「單數」時，必須在前面加上冠詞 (a、an、the)、所有格 (my、your、his 等)、指示形容詞 (this、that) 或描述數量的形容詞 (one)。

冠詞	a、an、the	
所有格	my、your、his 等	+ 單數名詞
指示形容詞	this、that	
描述數量的形容詞	one	

可數名詞為「複數」時，則可在前面加上冠詞 (the)、所有格 (my、your、his 等)、指示形容詞 (these、those) 或描述數量的形容詞 (two、some、many 等)，複數形式的字尾大部分都是 s。

冠詞	the	
所有格	my、your、his 等	+ 複數名詞
指示形容詞	these、those	
描述數量的形容詞	two、some、many 等	

2-1. 變複數的規則變化

可數名詞的種類	規則變化	範例
無特殊字尾之名詞	直接加 s	duck → ducks　鴨 student → students　學生 driver → drivers　司機
字尾為 s、x、z、ch、sh 時	加 es	fox → foxes　狐狸 watch → watches　手錶 dish → dishes　盤子
字尾為**子音字母** + y 時	去 y 加 ies	butterfly → butterflies　蝴蝶 cherry → cherries　櫻桃 puppy → puppies　小狗
字尾為**母音字母** + y 時	直接加 s	holiday → holidays　假期 toy → toys　玩具 guy → guys　傢伙
字尾為**子音字母** + o 時	加 es	tomato → tomatoes　番茄 hero → heroes　英雄
	加 s	photo → photos　照片 piano → pianos　鋼琴

字尾為**母音字母＋o**時	直接加 **s**	zoo → zoo**s** 動物園 radio → radio**s** 收音機 tattoo → tattoo**s** 紋身圖案
字尾為 **f** 或 **fe** 者	去 **f** 或 **fe** 加 **ves**	wife → wi**ves** 妻子 knife → kni**ves** 刀 wolf → wol**ves** 狼
	直接加 **s**	roof → roof**s** 屋頂 safe → safe**s** 保險箱

2-2. 變複數的不規則變化

不規則變化	範例
單複數同形	deer → **deer** 鹿 sheep → **sheep** 綿羊 aircraft → **aircraft** 飛機
以 **ese** 或 **ss** 結尾表示國籍的**名詞**也是單複數同形	Chinese → **Chinese** 中國人 Japanese → **Japanese** 日本人 Swiss → **Swiss** 瑞士人
字尾＋**en** 或 **ren**	ox → ox**en** 公牛 child → child**ren** 小孩
改變**母音字母**	tooth → t**ee**th 牙齒 goose → g**ee**se 鵝 foot → f**ee**t 腳 man → m**e**n 男人 woman → wom**e**n 女人
字尾為 **is** 時，改為 **es**	crisis → cris**es** 危機 analysis → analys**es** 分析
字尾為 **um** 時，改為 **a**	curriculum → curricul**a** 課程 medium → medi**a** 媒體

文法小精靈

curriculum 與 medium 的複數形式除了有以上不規則變化呈現外，也有以規則變化直接加 s 的複數形式呈現。

2-3. 複合名詞的單複數

複合名詞為由兩個或兩個以上的單字組合而成的新詞，其單複數形式依條件不同而有不同變化。

條件	變化	範例
兩個名詞組成的複合名詞	最後一個名詞改為複數形式	bedroom → bedrooms　臥房 city map → city maps　城市地圖 policeman → policemen　警察
名詞與其他詞類以連字號「-」組成的複合名詞	主要名詞加 s	passer-by → passers-by　行人 son-in-law → sons-in-law　女婿
動詞與其他詞類以連字號「-」組成的複合名詞	字尾直接加 s	push-up → push-ups　伏地挺身 grown-up → grown-ups　成年人

2-4. 字尾就是 s 的名詞

有些名詞本身字尾就是 s，但不一定都是複數，大致可分為以下兩類：

(1) 字尾為 s 的名詞，但其實是「不可數名詞」，其後接「單數動詞」。

· The **news** is disturbing.　這則新聞令人感到不舒服。

· **Economics** is one of Joey's major courses in college.
經濟學是 Joey 在大學的主修課之一。

· **Mathematics** is my least favorite subject in school.
數學是我在學校裡最不喜歡的科目。

(2) 字尾為 s 的名詞，且其後接「複數動詞」，它們通常被稱為「複數名詞」。複數名詞通常沒有單數形式或是其單數形式的語意不同。

· My **scissors** don't cut well.　我的剪刀不夠鋒利。

[scissor (adj.) 像剪刀般的]

· Caroline's **jeans** are made by her father.
Caroline 的牛仔褲是她父親縫製的。

· Anton's **glasses** are on the table.　Anton 的眼鏡在桌子上。

[glass (n.) 玻璃、玻璃杯]

練習2

請依提示寫出符合句意的**複數名詞**。

1. This is a shop selling _____ (watch) and _____ (clock).
2. All _____ (man) and _____ (woman) should be treated equally.
3. Ben used to do fifty _____ (push-up) before he went to bed.
4. Gerald loves to eat fruits, such as _____ (tomato), _____ (pineapple), and _____ (strawberry).
5. Several _____ (passer-by) witnessed the accident and reported it to the police.

3. 不可數名詞的種類

3-1. 專有名詞

(1) 專門或唯一屬於特定的人或事物的名詞稱為「專有名詞」，例如：城市名、國家名、公司名、人名、地名、品牌名、機構名、星球名等，專有名詞的第一個字母須大寫。

　• Going on a honeymoon in **Hawaii** is always Mona's dream.
　　到夏威夷度蜜月一直是 Mona 的夢想。
　• **Louis Vuitton** is a France-based company.
　　Louis Vuitton 是一家總部位於法國的公司。

(2) 專有名詞大多不加 a 或 an，除非當作「如…的人」或泛指「…的產品」的語意使用。

　• She wants to be **a Nightingale** in the medical field.
　　她想要當一位醫界的南丁格爾。
　• There's **a Ferrari** speeding on the street.　有一臺法拉利在街上飆車。

(3) 「星期」、「月分」、「節日」等專有名詞的第一個字母須大寫；其中「星期」的字尾可加 s 表示「每週…」。

　• **Easter**, **Thanksgiving**, and **Christmas** are all important American festivals.
　　復活節、感恩節與耶誕節都是重要的美國節慶日。

- In Taiwan, the **Ghost Festival** takes place on the fifteenth day of the seventh month in the lunar calendar.　在臺灣，中元節在農曆七月十五日舉行。
- The public library closes on **Mondays**.　這間公立圖書館每週一閉館。

(4) 用來當作「直接稱謂」的名詞須將第一個字母大寫；但若非直接稱呼對方，或是這類名詞置於所有格之後，則不須將第一個字母大寫。

- **Mom**! **Dad**! I am home!　媽！爸！我回來啦！
- My **mom** and **dad** are both early birds.　我的爸媽都是早起的人。

(5) 有些國家、建築物、地名、機構名、比賽名稱等須加 the。另外，可在姓氏前面加 the，並在字尾加 s 表示該姓氏全家人。

國家名	**the** United States of America　美國
建築物名	**the** National Palace Museum　故宮博物院
地名	**the** Taiwan Strait　臺灣海峽
機構名	**the** United Nations　聯合國
比賽名稱	**the** Olympic Games　奧運
姓氏	**the** Simpsons　辛普森一家

3-2. 物質名詞

(1) 食物、化學元素、自然現象與物質等皆為物質名詞，其後常接「單數動詞」。

食物	化學元素	自然現象與物質
· beef　牛肉	· gold　金	· water　水
· mutton　羊肉	· silver　銀	· air　空氣
· rice　米飯	· copper　銅	· sun　太陽
· milk　牛奶	· iron　鐵	· moon　月亮
· salt　鹽	· tin　錫	· light　光
· vinegar　醋		· electricity　電

- Overcooked **beef** is hard to chew.　煮過頭的牛肉難以咀嚼。
- **Gold** shines.　金子閃閃發光。

(2) 不同的物質名詞同時列舉當主詞時，其後接「複數動詞」。

- **Water**, **air**, and **light** <u>help</u> plants to grow.　水、空氣與光幫助植物生長。

  (Water、air、light 為三個主詞，故用複數動詞。)

(3) 物質名詞如果要表達「量」的話，除了使用 some、much、any 等數量形容詞之外，也可用一些普通名詞當作單位。若須改為複數形式時，將 s 加在這些單位名詞的字尾即可。

單數形式	複數形式
· <u>a piece</u> of **paper**　一張紙	· <u>pieces</u> of **paper**　數張紙
· <u>a piece</u> of **furniture**　一件家具	· <u>pieces</u> of **furniture**　數件家具
· <u>a pile</u> of **sand**　一堆沙	· <u>piles</u> of **sand**　數堆沙
· <u>a pile</u> of **garbage**　一堆垃圾	· <u>piles</u> of **garbage**　數堆垃圾
· <u>a cup</u> of **tea**　一杯茶	· <u>cups</u> of **tea**　數杯茶
· <u>a cup</u> of **coffee**　一杯咖啡	· <u>cups</u> of **coffee**　數杯咖啡
· <u>a loaf</u> of **bread**　一條麵包	· <u>loaves</u> of **bread**　數條麵包
· <u>a bar</u> of **soap**　一塊肥皂	· <u>bars</u> of **soap**　數塊肥皂
· <u>a bottle</u> of **wine**　一瓶酒	· <u>bottles</u> of **wine**　數瓶酒
· <u>a herd</u> of **sheep**　一群羊	· <u>herds</u> of **sheep**　數群羊

3-3. 抽象名詞

　　抽象名詞泛指無法透過五官直接感受、亦沒有實體存在的狀態，僅能靠想像來傳達的名詞。抽象名詞沒有複數形式，一般當單數使用，前面亦不加 a、an，並且通常接「單數動詞」。

- **Honesty** is the best policy.

  誠實為上策。

- **Love** conquers all.

  愛戰勝一切。

- Children are always full of **creativity** and **imagination**.

  小孩子總是充滿創意與想像力。

練習3

請依句意將下列**量詞**的代號填入適當的空格中。

(A) a bottle of　(B) a piece of　(C) a spoonful of　(D) a herd of　(E) a loaf of

1. Irene added _____ sugar to her coffee.
2. Please buy me _____ milk and _____ bread when you go to the supermarket.
3. Rosa was stuck in the countryside because _____ cattle blocked the road.
4. Jerald ate nothing but _____ pizza and corn soup today.

4. 集合名詞

4-1. 集合名詞的定義與規則

(1) 集合名詞指由一群性質類似的個體所結合而成的集合體。集合名詞既可視為「一個整體」，其後使用「單數動詞」；亦可視為「一群個體／成員」，其後接「複數動詞」。

集合名詞	「一個整體」 接「單數動詞」	「一群個體／成員」 接「複數動詞」
class	班級	學生們
committee	委員會	委員們
jury	陪審團	陪審團們
team	隊，組	隊員們，組員們

- My **family** is a big one.　我家是個大家庭。
  (family 指一個整體，用單數動詞)
- My **family** are all well.　我的家人們都安好。
  (family 指一群個體／成員，用複數動詞)

(2) 「一個整體」的集合名詞若有複數形式，則視為「多個整體」而非「一群成員」。

- There used to be nine **families** living in this area.　以前這區住了九戶人家。
  (families 指多個整體)

4-2. 集合名詞的種類

(1) 英文中有許多表示由人或動物組成之團體的集合名詞，例如：staff (全體工作人員)、government (政府) 等，其後接「單數動詞」或「複數動詞」皆可。然而 the police (警方)、cattle (牛群) 與 poultry (家禽)，只能當「複數名詞」使用，其後須接「複數動詞」。

(2) 有些集合名詞是用來表達思想、資訊或本來就是同一類的事物，此類集合名詞一律以「單數形式」表示，也可搭配特定的量詞。

搭配的量詞		只能以「單數形式」表示的集合名詞
little		advice　建議
some		information　資訊
much		knowledge　知識
a piece of	+	evidence　證據
an amount of		jewelry　珠寶
a great deal of		machinery　機器
a lot of		luggage / baggage　行李
plenty of		clothing　衣著

(3) 有些集合名詞由 the + adj. 所組成，其後接「複數動詞」，泛指「一群…的人」。

- the old / the elderly　老年人
- the rich　富人
- the living　生者
- the young　年輕人
- the poor　窮人
- the dead　死者

練習4

請依句意圈選正確的**動詞**。

1. The police (is / are) investigating the accident now.

2. In general, the class (consists / consist) of forty students in this school.

3. A lot of information related to the writer (was / were) found online.

5. 單複數形式有不同語意的名詞

有些名詞既能當可數名詞，也可當不可數名詞，不過語意不相同。

不可數名詞	可數名詞
• paper　紙	• paper(s)　報紙、論文；papers　證明文件
• chicken　雞肉	• chicken(s)　雞隻
• time　時間	• time(s)　次數
• cloth　布	• clothes　衣服
• custom　習俗	• customs　海關
• good　好處	• goods　貨物
• glass　玻璃	• glasses　眼鏡
• work　工作	• work(s)　作品

paper	不可數名詞 「紙」	The handbag is made of used **paper**. 這個手提袋是由回收紙製成的。
	可數名詞 「證明文件」	You need to show your identification **papers** when going through the customs. 過海關時，你必須出示你的身分證明文件。
good	不可數名詞 「好處」	Exercising regularly will do you **good**. 規律地運動對你有好處。
	可數名詞 「貨物」	The police found all the stolen **goods** in the thief's place. 警方在小偷的住處找到所有的贓物。
time	不可數名詞 「時間」	**Time** and tide wait for no man. 歲月不待人。
	可數名詞 「次數」	I've visited this amusement park several **times**. 我已經拜訪這個遊樂園很多次。

練習5

請依句意圈選正確的**名詞**。

1. The art museum will display the (work / works) of a well-known Taiwanese artist, Chen Cheng-po.

2. It is said that the (custom / customs) of eating moon cakes began in the late Yuan dynasty.

 ## 三、練習解答

1. 　1. principal's　　2. Jason's and Joe's　3. wall of
2. 　1. watches ; clocks 2. men ; women　　3. push-ups
　　4. tomatoes ; pineapples ; strawberries　5. passers-by
3. 　1. (C)　　　　2. (A) ; (E)　　3. (D)　　　　4. (B)
4. 　1. are　　　　2. consists　　3. was
5. 　1. works　　　2. custom

Note

第八章
冠詞

一、基本觀念

冠詞可細分為「不定冠詞」與「定冠詞」兩種。「不定冠詞」即 a 與 an，應置於可數名詞的單數形式之前，表示「一個…」；「定冠詞」就是 the，可置於可數名詞或不可數名詞之前，表示「特定某個 (某些) …」。

　　a 和 an 之所以稱為「不定」冠詞，是因為 a 和 an 用於「聽者尚不確定說話者所說的名詞指的是哪一個人、事、物」時。至於「定」冠詞 the 則是用於「確定特定的人、事、物」時，例如「說話者再次提及之前已說過的名詞」或是「要指定是某個 (某些) 特定的人、事、物」時。

- There is **a** pen on your desk.　有一枝筆在你的書桌上。
  (用 a 表示說話者尚未講明是哪一枝筆)
- May I borrow **the** pen?　我可以借那枝筆嗎？
  (用 the 表示說話者指定要借的是特定那枝筆)

　　經過統計，the 是所有英文單字中使用頻率最高的字，而雖然冠詞一共才三個字：a / an / the，但是英文學習者卻經常搞不清楚何時該用 a / an；何時該用 the。以下將分別說明不定冠詞 a / an 與定冠詞 the 的用法。

二、學習重點

1. 不定冠詞

1-1. 不定冠詞的使用時機

　　不定冠詞即 a 與 an。兩者使用時機的差別在於「其後所接字詞的第一個字母的發音」，如果該字母是母音，通常使用 an，其他字母則通常使用 a。

an＋以「母音」發音開頭的字詞	a＋以「子音」發音開頭的字詞
· **an** apple pie　一個蘋果派	· **a** cheese cake　一個芝士蛋糕
· **an** ice cube　一個冰塊	· **a** ham sandwich　一個火腿三明治

1–2. a ＋ 母音字母開頭的字

　　不過有些字的拼字雖然以母音字母開頭，例如：eu、u、o，不過字首的發音卻為子音，此時前面要用 a。

- **a** European country　一個歐洲國家 (eu 的發音為先子音才母音 [jʊ])
- **a** university student　一個大學生 (u 的發音為先子音才母音 [ju])
- **a** one-hundred-dollar bill　一張一百元的紙鈔 (o 的發音為先子音才母音 one [wʌ])

1–3. 以字母 h 開頭，但 h 不發音的字

　　有時候字詞的第一個字母 h 不發音，此時就要以「第二個字母的發音」來判斷不定冠詞要使用 a 或 an。

- **an** honest answer　一個誠實的回答 (h 不發音，其後的 o 發音為母音 [ɑ])
- **a** high school teacher　一個中學老師 (h 有發音，發音為子音 [h])

1–4. a / an ＋ 縮寫字

　　若該名詞為縮寫的字詞，並以 F、H、L、M、N、S、X 開頭，每個縮寫字母又是個別發音，前面要用 an，因為這些字母發音時都在開頭帶有母音 [ɛ] 或 [e]。

- **an** HR assistant　一名人資部門的助理　　　　　　**an** MRT station　一個捷運站
- **an** NGO event　一場由非政府組織發起的活動

　　然而有些縮寫名詞雖然也是以 F、H、L、M、N、S、X 開頭，但卻是像一個單字般地合起來連讀，而不以個別字母發音，此時則要在前面用 a。

- **a** FIFA member country　一個國際足球總會會員國
- **a** NASA plan　一個太空總署計畫

練習 1

請判斷下列名詞前應填入 **a** 或 **an**。

1. _____ hour		2. _____ taxi	
3. _____ eight-year-old boy		4. _____ FBI agent	
5. _____ lesson		6. _____ unicorn	
7. _____ umbrella		8. _____ SUV	
9. _____ piano		10. _____ suit	

2. 定冠詞

定冠詞 the 的使用時機及用法舉例如下：

2-1. 指出先前提過的名詞

再次提及「前面已經提過的人、事、物」時，即可使用 the。

· When Margret saw a cockroach, she called her brother out to kill **the** bug right away.　當 Margret 看到一隻蟑螂，她立刻叫她弟弟殺了那隻蟲。

2-2. 指出特定的名詞

(1) 提及「特定的人、事、物」時，所使用的名詞前，都應使用 the。

· **The** pastries made by my grandmother are delicious.

我祖母製作的酥皮點心非常美味。

(2) 若名詞之後有接片語或子句加以修飾，表示指定「特定的人、事、物」，此時常會使用 the。

· Who is **the** current president of the United States?

現任的美國總統是誰？(名詞之後接片語)

· This is **the** dog which Janet brought back from an animal shelter yesterday.

這就是昨天 Janet 從動物收容所帶回來的那隻狗兒。(名詞之後接子句)

2-3. 最高級或序數

名詞之前有「形容詞最高級」或是「序數」時，應使用 the。

· William is **the** most considerate friend of mine.

William 是我所有的朋友之中最體貼的。

· New York was **the** first city where the band had its concert.

紐約是這個樂團第一次辦演唱會的城市。

2-4. 表示特定族群

(1) 用 the + adj. 表示「特定的族群」，通常當作「複數名詞」。

· **the** sick　病人	· **the** blind　視障者
· **the** disabled　身障者	· **the** strong　強者
· **the** unemployed　失業者	· **the** weak　弱者

- **The** <u>wounded</u> were rushed to the hospital in no time.
  傷患立刻被火速送到醫院救治。

(2) 用 the + 姓氏複數表示「全家人」。
- **The** <u>Yearwoods</u> have lived in the neighborhood for a decade.
  = The Yearwood family have lived in the neighborhood for a decade
  Yearwood 一家人已經在這區住十年了。

(3) 泛指「集體」與「全體人員」的名詞之前常會加 the。

· **the** army　軍隊	· **the** public　民眾	· **the** press　新聞界

- **The** <u>police</u> are responsible for ensuring the security of citizens.
  警方的職責是確保市民的安全。

2-5. 樂器名稱

用 play + the + 樂器表示「彈奏，吹奏…」。常見的樂器名稱有：

· play **the** guitar　彈吉他	· play **the** flute　吹長笛
· play **the** violin　拉小提琴	· play **the** piano　彈鋼琴

- The piper played **the** <u>pipe</u>, and all the rats were lured into a river.
  吹笛手吹奏笛子，所有的老鼠就被誘騙掉進河中了。

2-6. 獨一無二的事物

描述「星球、星系等獨一無二的事物」時，常使用 the。

· **the** sun　太陽	· **the** universe　宇宙	· **the** earth　地球

- There are plenty of classic Chinese poems about **the** <u>moon</u>.
  關於月亮的中國古詩有很多。

2-7. 方位與方向

描述「方位與方向」時，常與 the 搭配使用。

· **the** north　北	· **the** south　南	· **the** east　東
· **the** west　西	· **the** right　右	· **the** left　左

· Keelung City is located in **the** <u>northeast</u> of Taiwan.
基隆市位於臺灣的東北部。

2-8. 天氣用語

描述「天氣」的用語，常與 the 搭配使用。

· **the** weather　天氣	· **the** snow　雪	· **the** storm　暴風雨

· **The** <u>wind</u> is quite strong today.　今天的風滿大的。

2-9. 地理位置或區域

某些描述「地理位置或區域」的用語，也常用 the。

· **the** forest　森林	· **the** countryside　鄉村	· **the** ocean　海洋

· Without a compass, climbers may get lost in **the** <u>mountains</u> easily.
少了指南針，登山客可能很容易在山區迷路。

 練習2

請圈選出下列句子中的名詞前該使用的**冠詞**。

1. What will (the / a) weather will be like tomorrow?
2. There's (a / an) X-ray machine in the hospital.
3. Walk two blocks and turn to (the / a) right, you will see the bank.
4. Could you pass me (the / a) salt?
5. I am planning (a / an) one-month trip to Norway.

3. 冠詞的省略

前面介紹了不定冠詞 a / an 與定冠詞 the 的相關用法，不過仍有一些例外需要注意。以下就列出「名詞前不加冠詞」的情形：

3-1. 語言與學科

· Chinese　中文	· English　英語	· Japanese　日語
· physics　物理	· chemistry　化學	· geography　地理

- Robin is good at <u>history</u>.　Robin 的歷史很好。(history 當學科名詞不必加冠詞)
- Robin is **a** <u>history</u> teacher.　Robin 是一位歷史老師。
  (history 用來修飾 teacher，所以本句有加冠詞)

3-2. 家人稱呼

當作「直接稱謂」時，前方不加冠詞。

• mother　母親	• brother　兄弟	• son　兒子；孩子

- My <u>sister</u> works in a local school.　我妹妹在當地的一家學校工作。
  (sister 是家人稱呼)
- I would like to have **a** <u>sister</u> like you.　我想要有個像妳一樣的姊妹。
  (sister 不是當作「直接稱謂」的家人稱呼)
- <u>Father</u> makes breakfast for the family every day.　父親每天幫家人做早餐。
  (Father 前無所有格，所以第一個字母要大寫)

3-3. 三餐等

• brunch　早午餐	• lunch　午餐	• dinner　晚餐

- I usually have a tuna sandwich and a cup of coffee for <u>breakfast</u>.
  我通常吃一個鮪魚三明治配一杯咖啡當早餐。

3-4. 大部分的國名

大部分的國名都不加 the。但須注意國家全名裡若有 union、states、republic、kingdom 等普通名詞的話，國名前方就必須加 the。
- The fashion show will be held in <u>France</u>.　時尚秀將會在法國舉辦。
- Big Ben is one of the most popular attractions in **the** <u>United Kingdom</u>.
  大笨鐘是英國最著名的景點之一。

3-5. 體育活動與遊戲

• baseball　棒球	• basketball　籃球	• badminton　羽毛球
• tennis　網球	• chess　西洋棋	• cards　紙牌遊戲

- There are some kids playing <u>football</u> in the park.
  公園裡有一些小孩在踢足球。

· <u>Golf</u> is Matt's favorite sport.　高爾夫球是 Matt 最喜愛的運動。

3-6. 表示時間的名詞

　　week、month、year、season 等表「時間」的名詞，若前方有 next、last、this、every 修飾時不加 the。

· The book is due <u>next Friday</u>.　這本書下週五到期。

3-7. 交通方式：by ＋ 交通工具

· by car　搭汽車	· by bus　搭公車	· by motorcycle　騎摩托車
· by plane　搭飛機	· by taxi　搭計程車	· by subway　搭地下鐵

· Mr. Anderson often goes to work <u>by commuter train</u>.
　Anderson 先生經常搭通勤火車去上班。

3-8. 強調目的：go to ＋ N

　　go to ＋ N 用來「強調目的」時，N 之前不須加冠詞；「去某個特定地點」但若是在描述時，則 N 之前須加上冠詞。

· go to bed　上床睡覺	· go to school　上學 (學習)
· go to prison / jail　入獄	· go to college / university　上大學 (學習)

· Mr. and Mrs. Su are religious Christians. They <u>go to church</u> every Sunday.
　蘇氏夫婦是虔誠的基督教徒。他們每週日都會去做禮拜。
　(go to church 強調「做禮拜」這個目的)
· They <u>go to the church</u> to visit the priest.
　他們去教堂拜訪那裡的神父。(go to the church 強調「去特定的某座教堂」)

3-9. 成對搭配的名詞慣用語

· arm in arm　臂挽著臂	· face to face　面對面
· from door to door　挨家挨戶地	· day after day　日復一日
· step by step　一步一步地	· from womb to tomb　自生至死

· That couple walked <u>hand in hand</u> in the night market.
　那對情侶手拉手地走在夜市裡。

3-10. 表全體與總稱的名詞

代表「全體與總稱」的單數名詞，亦可代換為複數名詞且前方不加冠詞。

· <u>Woman</u> should not be treated differently from <u>man</u>.

女人不應該受到和男人不同的待遇。(man 與 woman 意指男性與女性全體)

練習3

請圈選出適當的答案。

1. Francis can speak (a / ✕) Japanese.

2. After dinner, we took a walk along (the / ✕) beach.

3. Leo likes to play (the / ✕) badminton with his classmates after school.

4. Do you know that (the / ✕) moon moves around (the / ✕) earth?

5. Those kids enjoy going from (a / ✕) door to (a / ✕) door trick-or-treating.

三、練習解答

1.	1. an	2. a	3. an	4. an	5. a
	6. a	7. an	8. an	9. a	10. a
2.	1. the	2. an	3. the	4. the	5. a
3.	1. ✕	2. the	3. ✕	4. the ; the	5. ✕ ; ✕

第九章
代名詞

一、基本觀念

　　代名詞的功能通常是用來代替前面已經提過的名詞或名詞片語，避免一再使用同一名詞而造成句子讀起來有累贅感。代名詞的種類大致上可分為「人稱代名詞」、「所有格代名詞」、「反身代名詞」、「指示代名詞」、「不定代名詞」、「疑問代名詞」、「相互代名詞」與「關係代名詞」。

人稱代名詞	I、you、he、she...
所有格代名詞(由人稱代名詞衍生而出)	mine、yours、his、hers...
反身代名詞(由人稱代名詞衍生而出)	myself、yourself、himself、herself...
指示代名詞	this、that、these、those
不定代名詞	some、any、all、none...
疑問代名詞	who、what、which、whom...
相互代名詞	each other、one another
關係代名詞	who、which、that、whose...

 文法傳送門　關係代名詞的詳細用法請見第十六章：關係詞。

二、學習重點

1. 人稱代名詞

1-1. 單複數與排列順序

　　人稱代名詞可分為第一人稱(說話的人)、第二人稱(聽話的人)、第三人稱(除去第一人稱與第二人稱以外被提到的人、事、物)。

	第一人稱	第二人稱	第三人稱
單數	I	you (單複數同形)	he、she、it
複數	we		they

(1) 若第一人稱、第二人稱、第三人稱的單數同時出現在句中為主詞時，排列順
　　序為：第二人稱 → 第三人稱 → 第一人稱。

- **You**, **Bruce**, and **I** are extreme sports lovers.
　你、Bruce 和我都是極限運動的愛好者。

(2) 若第一人稱、第二人稱、第三人稱的複數同時出現在句中為主詞時，排列順
　　序為：第一人稱 → 第二人稱 → 第三人稱。

- **We**, **you**, and **they** attend the same college.
　我們、你們和他們都是就讀同一所大學。

練習1

請將括弧內提示的**人稱代名詞**做正確的排列。

1. _____ , _____ , and _____ (I, you, Brian) have been
best friends since kindergarten.

2. What a coincidence that _____ and _____ (they, we) took the
same flight to Las Vegas!

1-2. 格的種類與用法

　　人稱代名詞依照其在句中的功能可分為：主格、受格、所有格形容詞與所
有格代名詞，其變化如下表：

人稱代名詞		主格	受格	所有格形容詞	所有格代名詞
單數	第一人稱	I	me	my	mine
	第二人稱	you	you	your	yours
	第三人稱 陽性	he	him	his	his
	第三人稱 陰性	she	her	her	hers
	第三人稱 中性	it	it	its	its
複數	第一人稱	we	us	our	ours
	第二人稱	you	you	your	yours
	第三人稱	they	them	their	theirs

文法小精靈

its 較少單獨用作「所有格代名詞」，其後通常都會接其他名詞，另外也很常見 its own 的用法。

(1) 主格代名詞

❶ 以人稱代名詞作為句中的主詞，其後的動詞必須與主詞的單複數一致。

第一人稱	單數	**I** am full.　我吃飽了。
	複數	**We** are full.　我們吃飽了。
第二人稱	單數	**You** are an easygoing person.　你是個隨和的人。
	複數	**You** are easygoing people.　你們是隨和的人。
第三人稱	單數	**She** likes outdoor activities.　她喜歡戶外活動。
	複數	**They** like outdoor activities.　他們喜歡戶外活動。

❷ it 作為主詞時有下列數種用法：

① 說明時間、日期 (包括星期幾)、天氣、氣溫、距離。

・Ann: Do you have the time?　你知道現在幾點嗎？

　Ben: Yes. **It** is ten to eight.　是的。現在是七點五十分。(It 表示時間)

・What date is **it** today?　今天是幾月幾號？(it 表示日期)

・**It** is cold and rainy today.　今天寒冷有雨。(It 表示天氣)

② 代替之前已經提及的人、事、物。

・The puppy is cute. **It** was adopted from an animal shelter.

　這隻小狗很可愛。牠是從動物收容所領養的。(It 代替之前提及的事物 The puppy)

・This EDM concert was held in Taipei Arena, and **it** attracted more than ten thousand people nationwide.

　這場電子舞曲演唱會在臺北小巨蛋舉辦，吸引全國超過萬人參加。

　(it 代替之前提及的事物 This EDM concert)

③ 當 it 作為形式上的主詞 (虛主詞) 時，可代替後面的不定詞片語、動名詞片語或名詞子句。

It 代替不定詞片語	**It** is kind of you to give me a lift.　你人真好讓我搭便車。
It 代替動名詞片語	**It** is no use regretting what you have done. 為做過的事感到後悔是沒有用的。

| It 代替名詞子句 | **It** is amazing that the boss agreed to give you a pay raise.
老闆答應讓你加薪真是不可思議。 |

④ it 可表示強調的語氣，句型為 It + is / was + 加強部分 + that 子句，如果加強部分為人的話，則 that 也可以 who 或 whom 來取代。

- **It** was last night that the final result of presidential election was announced.
  就在昨晚宣布了總統大選的最後結果。
- **It** was Sean that / who starred in this spy movie.
  主演這部間諜電影的人正是 Sean。
- **It** is my family that / whom I love the most.　我最愛的是我的家人。

(2) 受格代名詞

❶ 以人稱代名詞作為句中的受詞時，置於及物動詞或介系詞之後，可用以代指前面提過的人、事、物。

- My dad is over there. Let **me** introduce **you** to **him**.
  我的爸爸在那裡。讓我把你介紹給他認識。
  (me、you 在動詞之後；him 在介系詞之後代替之前提過的 my dad)
- Tokyo is a busy city. You will know **it** when you visit the place.
  東京是座忙碌的城市。當你造訪此地，你就會了解到這一點。
  (it 代替之前提過的 Tokyo is a busy city.)

❷ 在口語中經常以受格代名詞作為主詞補語。

- Blair: Who ate my cheesecake?　是誰吃了我的乳酪蛋糕？
  Serena: It's **her**, not **me**.　是她，不是我。

❸ it 作為形式上的受詞 (虛受詞) 時，可代替後面的不定詞片語或名詞子句，此時的 it 通常接在 think、consider、find、take、make、believe 這些動詞的後面。

| it 代替不定詞片語 | I found **it** hard to believe what Carl had said.
我覺得很難相信 Carl 所說的話。
Gary makes **it** a habit to bring his own utensils all the time.
Gary 習慣都帶自己的餐具。 |
| it 代替名詞子句 | We often take **it** for granted that parents should love us for nothing.
我們經常認為父母親應當無償地愛我們。 |

(3) 所有格代名詞

❶ 這類代名詞已經替代所有格與其後的名詞，故其後不須再加名詞以避免重複敘述。

· The textbook is **his**, not **mine**. 這本課本是他的 (課本)，不是我的 (課本)。

(his 代替 his textbook；mine 代替 my textbook)

· Our children are younger than **theirs**. 我們的孩子比他們的 (孩子) 年紀小。

(theirs 代替 their children)

❷ 所有格代名詞用於比較級的句型時，必須是同樣的名詞互相比較。

· Your hair is longer than **mine**. 你的頭髮比我的 (頭髮) 長。(mine 代替 my hair)

· My grades are higher than **yours**. 我的分數比你的 (分數) 高。

(yours 代替 your grades)

❸ 所有格代名詞不得直接與冠詞 (a、an、the) 或不定代名詞 (one、some、many 等) 連用，而所有格形容詞也是不得直接與冠詞或不定代名詞連用來修飾同一個名詞，不過可以使用雙重所有格 (of + 所有格) 的語序來表示。

· A coworker of **mine** will come to visit me today.

我的一位同事今天將會來找我。

〔冠詞 (A) + 名詞 (coworker) + of + 所有格代名詞 (mine)〕

· Some of his relatives took a self-guided tour to Japan.

他的幾位親戚到日本去自助旅行。

〔不定代名詞 (Some) + of + 所有格形容詞 (his) + 名詞 (relatives)〕

· Ivy met many of her friends at the school reunion.

Ivy 在同學會上遇到很多她的朋友。

〔不定代名詞 (many) + of + 所有格形容詞 (her) + 名詞 (friends)〕

練習2

請依據括弧內的提示，填入正確的**主格**、**受格**或**所有格代名詞**。

1. I gave _____ (she) a phone call this afternoon.

2. Bob keeps a corgi as a pet. _____ (it) legs are short.

3. If you need a pen, feel free to take any of _____ (I).

4. We considered _____ (it) impossible to complete the project within budget.

(4) 反身代名詞

反身代名詞用來表示「…自己」，其依照不同人稱的單複數變化如下表：

	人稱代名詞	反身代名詞
單數	I	myself
	you	yourself
	he	himself
	she	herself
	it	itself
複數	we	ourselves
	you	yourselves
	they	themselves

❶ 當句中的主詞與受詞為同一人或事物時，受詞通常就會使用反身代名詞。

- Paul hurt **himself** when falling down stairs.
  Paul 從樓梯上摔下來傷到了他自己。

- The actress looked at **herself** in the mirror.
  那名女演員看著鏡中的自己。

❷ 主詞與反身代名詞連用表示加強語氣。

- The little boy **himself** built the campfire.
  這個小男孩自己升好了營火。

- The thing **itself** was not so complicated.
  事情本身並不複雜。

❸ 含有反身代名詞的慣用語：

by **oneself** = on one's own	獨自；靠自己
enjoy **oneself**	玩得盡興
help **oneself** to + N	自行取用…
make **oneself** at home	不要客氣，把這裡當作自己的家
devote **oneself** to + V-ing / N	專心致力於…
accustom **oneself** to + V-ing / N	使自己習慣於…

練習3

請依句意圈選出正確的**代名詞**。

1. William cut (himself / he) while opening a tin of tomatoes.

2. The host told (I / me) to help (me / myself) to some snacks and drinks.

3. What time is (it / itself) by your watch?

4. Those are their meals and these are (ourselves / mine).

5. Don't dump any unwanted things of (yours / yourself) here.

6. The fans were enjoying (themselves / theirs) at the concert.

2. 指示代名詞

2-1. 使用考量

　　指示代名詞的使用需考量所代指的人或事物與說話者的距離。在空間或時間上，距離說話者較近的為 this (單數) 與 these (複數)，而距離說話者較遠的為 that (單數) 與 those (複數)。此處所稱的「距離」不只是具體的物理上的距離，也可以是抽象的心理上的距離。

- **These** are Brenda's relatives, and **those** are Jessy's.
  這些是 Brenda 的親戚，而那些則是 Jessy 的。
- **This** is a meaningful event.　這是一項有意義的活動。

2-2. 種類與用法

(1) 指示代名詞 this 可用來向他人介紹人、事、物或是用在電話用語。

- **This** is my fiancé, Rick.　這位是我的未婚夫 Rick。(向他人介紹)
- Vanessa: Who is this?　請問你是誰？
  Chuck: **This** is Chuck speaking.　我是 Chuck。(電話用語)

(2) 指示代名詞 that 與 those 可分別代替句中前述已提過的單數名詞與複數名詞。

- The temperature of London is cooler than **that** of Manila.
  倫敦的氣溫比馬尼拉涼爽。(that 代替 the temperature)
- The mirrors in this room are more than **those** in any other rooms in the castle.
  這個房間裡的鏡子數量比城堡裡其他房間都要來得多。(those 代替 the mirrors)

(3) 指示代名詞 those 可指特定的團體，表示「那種…，那些…」。

· God helps **those** who help themselves.　天助自助者。

· **Those** who wish to participate in this competition may check out the latest information online.　想要參加此次比賽的人可以上網查看最新資訊。

練習4

請依句意選出最適當的答案。

_____ 1. My dreams are crazier than _____ of my brother.

　　(A) this 　　　　(B) that 　　　　(C) these 　　　　(D) those

_____ 2. Do you like _____ pair of sunglasses I'm wearing now?

　　(A) this 　　　　(B) that 　　　　(C) these 　　　　(D) those

_____ 3. The population of Taipei is larger than _____ of Nantou.

　　(A) this 　　　　(B) that 　　　　(C) these 　　　　(D) those

3. 不定代名詞

3-1. 種類與用法

　　不定代名詞用來指「不確定的或不指明數量的人、事、物」，以下將就幾個常見的不定代名詞的用法加以敘述。

(1) one

| 用法 | one 可作含糊總稱「一個」，也可以指「其中一個」，可用來代替之前提過的名詞。one 也可用來泛指「人」。one 的所有格與反身代名詞為 one's 與 oneself。 |

· **One** of my neighbors is a doctor.　我的其中一個鄰居是個醫生。

· **One** can only achieve success by devoting <u>oneself</u> wholeheartedly to <u>one's</u> business.　一個人要想成功就必須全心全意地投入其事業中。

| 比較 | one 只能代替「不特定」的可數名詞。one 的複數形為 ones。 |
| | it 可代替「特定」的可數或不可數名詞。it 的複數形為 them。 |

· Do you have <u>a highlighter</u>? I need **one**.　你有螢光筆嗎？我需要一支。

　(one 代替不特定的名詞 a highlighter)

· Thanks for giving me <u>this highlighter</u>. I like **it**!

謝謝你給我這支螢光筆。我喜歡它！(it 代替特定的名詞 this highlighter)

· These math questions are hard **ones**. I don't know how to solve **them**.

這些數學問題是難題。我不曉得該怎麼解開它們。

(ones 代替 math questions；them 代替 these math questions)

(2) another

用法 表示沒有特定的「另一個」，為單數代名詞。

· This dress is too small. Please give me **another**.

這件洋裝太小了。請給我另一件。

· One thing leads to **another**.　事情接踵而至。

(3) other

用法 表示「剩下的那一個尚未提及的人、事、物」，為單數代名詞，通常形式為 the other。other 的複數形為 others，通常形式為 others 或 the others，其後不會再加任何名詞，表示「其他的人、事、物」。

· The lecturer had the microphone in one hand and a laser pointer in **the other**.

講師一手拿著麥克風，另一手拿著雷射筆。

· We have been taught to be kind to **others** since childhood.

我們從小就被教導要善待其他人。(others 是不特定的複數代名詞)

· There are five members in this band. Three of them are male. **The others** are female.　這樂團有五個成員。三位是男性，其餘都是女性。

(The others 是有特定範圍的複數代名詞)

(4) some

用法 語意為「一些，若干」，主要用於肯定句。若是問話者期待得到肯定的回答時，亦可在疑問句中使用 some。

· **Some** of my family members will attend Emily's wedding ceremony.

我們家中的部分成員將會出席 Emily 的婚禮。

· The maple pancake smells good. Could I have **some**?

楓糖鬆餅聞起來真香。我可以吃一點嗎？

練習5

請依句意圈選出正確的**代名詞**。

1. Shilin Night Market has (one / some) of the most delicious snacks in Taiwan. I can't wait to try them all!
2. Sandy's mascara is dried out. She needs to buy a new (one / it).
3. To know is one thing, to do is (another / other).

(5) each

用法	語意為「每個」，主要用於「二個或二個以上」的情境。

· Clerk: Would you like a blue hat or a red one?
　　　你想要藍色的帽子還是紅色的？
　Quina: I will take one of **each**, please.　請給我兩者各一頂，謝謝。

比較	each 強調個別獨立性。若 each of + 複數名詞為句中主詞，其後須接單數動詞。
	every 強調全體之中沒有例外。只能當作形容詞使用，其後須接名詞或代名詞。

· **Each** of us is given a word card in class.
　= **Every** one of us is given a word card in class.
　我們每個人都在課堂上拿到一張字卡。

(6) both 與 all

用法	both 用於「兩者全部」的情況；both of 後方常接複數名詞。
	all 用於「三者或三者以上全部」的情況；all of 後方能接可數或不可數名詞。

· **Both** of the blacksmith's hands were burnt.　鐵匠的雙手都被燙傷了。
· **All** of the three girls are fans of Mayday.　這三個女孩都是五月天的粉絲。
　(All of + 可數名詞)
· **All** of Ken's money was spent on online games.
　Ken 把所有的錢都花在線上遊戲了。(All of + 不可數名詞)

位置	both 與 all 可置於人稱代名詞的主格和受格之後，也可置於 be 動詞之後，或是置於所有格形容詞、定冠詞 the 之前。

- We **all** love Maroon 5.　我們都很喜愛魔力紅。(置於人稱代名詞的主格之後)
- The villain threatened to kill them **both**.　壞人威脅要將他們兩人都殺掉。
  (置於人稱代名詞的受格之後)
- Amy and her sister are **both** college students.　Amy 和她的妹妹都是大學生。
  (置於 be 動詞之後)
- Linkin Park, The Chainsmokers, and Nickelback are **all** my favorite bands.
  聯合公園、老菸槍與五分錢都是我最喜歡的樂團。(置於所有格形容詞之前)

部分否定	all 與 not 搭配使用可表示「部分否定」。

- **Not all** of them have been to Universal Studios.
  他們沒有全部都去過環球影城。(有的去過，有的沒去過)

(7) neither 與 none

用法	neither 表示「兩者全不」的情況；neither of 常接複數的名詞或是代名詞，但多搭配單數動詞。
	none 表示「三者或三者以上全不」的情況；none of 常接複數的名詞或是代名詞。正式用法中，要搭配單數動詞；非正式用法中，則可搭配複數動詞。

- **Neither of** my two aunts lives nearby.　我的兩位阿姨都不住在附近。
- There are three desktop computers in the office, but **none of** them work(s).
  辦公室裡有三臺桌上型電腦，不過它們都不能用。

(8) either 與 any

用法	either 表示「兩者之中任一個」；either of 可接複數的名詞或是代名詞，但多搭配單數動詞。
	any 表示「三者或三者以上任一個」；any of 可接複數的名詞或是代名詞，若接複數的名詞或代名詞，常搭配複數動詞。

- **Either of** the roads leads to the MRT station.
  這兩條路任一條都可以到捷運站。
- **Any of** these shuttle buses take you to the downtown.
  這裡任何一部接駁車都可以載你到市區。

any 的使用時機	疑問句	Do you know **any** of them? 你認識他們其中任何一個人嗎？
	否定句	Eric had nothing to do with **any** of their wrongdoings. Eric 和他們的任何不法行為一點關係都沒有。
	條件句	If you see **any** of these suspects, please call the police at once. 如果你見到其中任何一位嫌犯，請立即報警。

練習6

請依句意選出最適當的答案。

_____ 1. Ms. Blaire is a caring person. _____ of her two dogs were adopted from an animal shelter.

(A) Any   (B) Both   (C) Neither   (D) One

_____ 2. Brad needs more butter to make cookies, but there isn't _____ left in the fridge.

(A) neither   (B) either   (C) any   (D) none

_____ 3. Little Johnny liked _____ of the two stories. He felt bored while reading them.

(A) each   (B) any   (C) neither   (D) either

3-2. 混合用法

(1) 描述只有兩個或兩種的情境

one...the other... 一個…，另一個…	one...the others... 一個…，其餘的…	some...the others 一些…，其餘的另一些…

- Mr. Pak has two cars. **One** is a black SUV, and **the other** is a silver sedan.
  朴先生有兩輛車。一輛是黑色休旅車，而另一輛是銀色轎車。
- The captain ordered **one** of his soldiers to stay put, and **the others** to patrol the area. 上尉命令一個士兵留在原地，其餘的在該區域四處巡察。

· Students have different opinions about the class trip. **Some** of them want to go camping, and **the others** wish to go to the amusement park.

學生們對於班遊的意見不同。有些人想去露營，其餘的人想去遊樂園。

(2) 描述只有三個或三種的情境

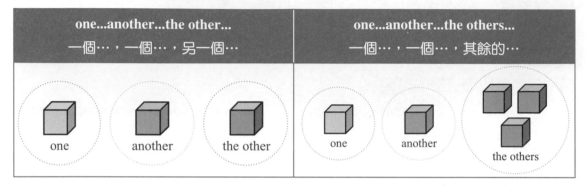

· Maggie keeps three dogs. **One** is a chihuahua, **another** is a poodle, and **the other** is a papillon.

Maggie 飼養三隻狗。一隻是吉娃娃，一隻是貴賓犬，另一隻是蝴蝶犬。

· There are several pieces of cakes in the fridge. **One** is strawberry, **another** is chocolate, and **the others** are cheese.

冰箱裡有數片蛋糕。一片是草莓的，一片是巧克力的，其餘的是起司的。

(3) 描述多種情境中的任兩種

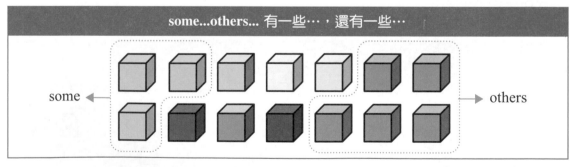

· There are a lot of students in the gym. **Some** are playing basketball; **others** are playing badminton.

體育館裡有許多學生。有一些正在打籃球，還有一些正在打羽毛球。

文法小精靈

此處只是任意列舉兩種情境，故後面那種不須使用定冠詞 the，另外，others = other + N，所以其後不可接名詞。

(4) 描述多種情境中的任三種

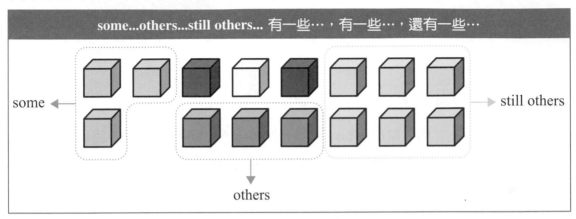

some...others...still others... 有一些…，有一些…，還有一些…

some ← | others | → still others

· On the flight to New York, **some** of the passengers were sleeping, **others** were watching movies, and **still others** were reading magazines.
在前往紐約的班機上，有一些乘客在睡覺，有一些在看電影，還有一些在看雜誌。

練習7

請依句意填入適合的**不定代名詞**選項，每項限用一次。

(A) others   (B) still others   (C) another   (D) the other

1. There are three items in Patty's bag. One is her key, _____ is her smartphone, and the other is her wallet.

2. Mr. Parker has two secretaries. One of them speaks fluent English, and _____ speaks good Japanese.

3. Some people like to watch horror movies, while _____ can't stand watching them.

4. For some, traveling abroad is a way to broaden their horizons. For others, it can create lifetime memories. For _____, it helps them learn a new language fast.

4. 疑問代名詞

4-1. 格的種類與用法

疑問代名詞在句中依作用可分為：主格、所有格與受格，使句子形成疑問句結構。

疑問代名詞	問誰	問什麼	問哪一個
主格	who	what	which
所有格	whose		
受格	whom	what	which

(1) 疑問代名詞作主格，常用 who (誰)、what (什麼)、which (哪一個)。

· **Who** is standing under the lamppost?　站在路燈下的人是誰？

· **What** happened?　發生什麼事了？

· **Which** is more important, money or health?
　哪一個比較重要，金錢還是健康？

(2) 疑問代名詞作所有格，常用 whose (誰的)。

· **Whose** car is this?　這輛車子是誰的？

· **Whose** books are those?　那些書是誰的？

(3) 疑問代名詞作受格，常用 whom (誰)、what (什麼)、which (哪一個)。

· **Who** did you have dinner with yesterday?
　= With **whom** did you have dinner yesterday?　你昨天和誰去吃晚飯？
　　(whom 是介系詞 with 的受詞)

· **What** are you talking about?　你在說什麼？(What 是介系詞 about 的受詞)

· **Which** would you like to do this weekend, go swimming or go to the movies?
　這個週末你想做什麼，去游泳還是去看電影？(Which 是動詞 do 的受詞)

4-2. 可出現在間接問句

疑問代名詞除了形成疑問句之外，還可以出現在「間接問句」中。在間接問句中，字的排列順序為：疑問代名詞 + S + V。

- Please tell me **who** that lady is.　請告訴我那位女士是誰。
- William did not know **whom** his parents invited to the party.
  William 不曉得他的父母邀請誰來參加派對。
- Irene is wondering **what** her boyfriend will do to celebrate their anniversary.
  Irene 想知道她的男友要怎麼慶祝他們的週年紀念日。

4-3. 可搭配不定詞形成名詞片語

　　疑問代名詞 + 不定詞 (to V) = 名詞片語，可置於句首作為句子的主詞，其後應接單數動詞；亦可置於動詞之後作為受詞。

- **What** to do next is still uncertain for her.
  對她來說，下一步要做什麼仍然還不確定。
- Jill can't decide **which** to take.　Jill 無法決定要拿哪一個。

練習8

請依句意圈選出正確的**疑問代名詞**。

1. (Whom / Whose) the businessman met last night may be the key to solving this murder.
2. (Who / Which) goes with my cowboy outfit better, the hat or the boots?
3. Roy didn't know (what / which) to talk about with Amber on their first date.

 5. 相互代名詞

5-1. 種類與用法

　　相互代名詞主要有兩個：each other 與 one another，它們可使句子中的相同觀念結合起來，以較為簡潔的方式表達。以往 each other 多用於「兩者之間」的情形，而 one another 則是多用於「三者以上」的情形，不過在現今的日常用語 each other 與 one another 皆可指「兩者之間」。

- Elizabeth and her parents hugged **each other** / **one another**.
  = Elizabeth hugged her parents, and her parents hugged her, too.
  Elizabeth 和她的父母親互相擁抱。

5-2. 所有格的形式

相互代名詞 each other 和 one another 也有所有格的形式,分別為 each other's 和 one another's。

· Bianca and Tracy are **each other's** best friends.

 Bianca 與 Tracy 是彼此最要好的朋友。

· This couple enjoy **one another's** company. 這對夫妻享受彼此的陪伴。

練習 9

請用**相互代名詞**改寫下列句子。

1. Linda gave John a gift. John gave Linda a gift in return.

_____

2. Ben can read his twin brother's mind, and his twin brother can read Ben's mind, too.

_____

三、練習解答

1.　1. You ; Brian ; I　2. we ; they

2.　1. her　　　2. Its　　　3. mine　　　4. it

3.　1. himself　2. me ; myself　3. it　　　4. mine　　5. yours

　　6. themselves

4.　1. (D)　　　2. (A)　　　3. (B)

5.　1. some　　2. one　　　3. another

6.　1. (B)　　　2. (C)　　　3. (C)

7.　1. (C)　　　2. (D)　　　3. (A)　　　4. (B)

8.　1. Whom　　2. Which　　3. what

9.　1. Linda and John gave each other / one another a gift. 或 Linda and John gave a gift to each other / one another.

　　2. Ben and his twin brother can read each other's / one another's mind.

第十章
形容詞

一、基本觀念

　　形容詞與副詞同屬於英文八大詞類，其作用皆為修飾用語。雖然句子中少了形容詞或副詞，其結構的正確性通常不會受到影響，不過句子表達的強度卻會隨之減弱。因此，學習形容詞與副詞的用法仍有其必要性。

　　形容詞主要是用來修飾名詞、代名詞，其形式可以是單字、片語或子句，常置於名詞之前、be 動詞與連綴動詞之後或者受詞之後，而常見的形容詞字尾有 -ful、-ous、-al、-ble、-y、-ing、-ed、-less、-ly、-ic 與 -ive 等。

–ful	careful 小心的、harmful 有害的、wonderful 極好的
–ous	cautious 謹慎的、disastrous 災難性的、serious 嚴肅的
–al	medical 醫藥的、mental 精神的、physical 身體的
–ble	affordable 供得起的、available 可取得的、capable 有能力的
–y	easy 簡單的、foggy 多霧的、messy 凌亂的
–ing	existing 現存的、interesting 令人感到有趣的、willing 有意願的
–ed	bored 感到無聊的、scared 害怕的、shocked 震驚的
–less	careless 粗心的、homeless 無家的、sleepless 失眠的
–ly	friendly 友善的、lovely 可愛的、timely 即時的
–ic	classic 經典的、economic 經濟的、electronic 電子的
–ive	active 主動的、impressive 印象深刻的、passive 被動的

二、學習重點

1. 形容詞的位置與功能

　　使用形容詞的目的既然是修飾名詞與代名詞，那麼應該要放在離該名詞或代名詞越近的位置越好，因此常置於名詞之前、be 動詞與連綴動詞之後或者受詞之後。

1-1. 置於名詞之前

- **Strong** earthquakes resulted in many deaths. 強震造成許多人死亡。

  (strong 修飾名詞 earthquakes)

1-2. 置於 be 動詞與連綴動詞之後

- Michael is **hard-working**. Michael 是很勤奮的。

  (hard-working 修飾主詞 Michael，是主詞補語)

- After losing her precious cat, the old lady looked **sad**.
  失去她的寶貝貓咪之後，老太太看起來很難過。

  (sad 修飾主詞 the old lady，是主詞補語)

1-3. 置於受詞之後

- James painted his room **yellow**. James 把房間漆成黃色。

  (yellow 修飾受詞 his room，是受詞補語)

1-4. 形容詞片語與形容詞子句

  形容詞並不一定總是單字，也有可能是片語或是子句。

- The future is **unknown and full of all possibilities**.
  未來是未知的，而且充滿各種可能性。

  (形容詞片語 unknown and full of all possibilities 修飾主詞 The future)

- This is the **best** novel **that I have ever read**. 這是我所讀過最棒的小說了。

  (best 與形容詞子句 that I have ever read 都修飾 novel)

 文法傳送門 形容詞子句的詳細用法請見第十六章：關係詞。

練習 I

句子重組。

1. confidential / The secretary / the document / labeled

   _____

2. of his word / Steve / reliable / is / and a man

   _____

3. twice a week / This energetic woman / the gym / goes to

   _____

2. 形容詞的變化

　　利用形容詞的比較級與最高級形式，可以呈現出不同的人或事物做比較之後的結果。大部分的形容詞比較級字尾有 er，而大部分形容詞的最高級的字尾有 est，通常會搭配 the，形式通常為 the + adj-est。以下分別介紹形容詞構成「比較級」與「最高級」的規則與不規則變化以及相關用法：

2-1. 規則變化
(1) 單音節形容詞
❶ 字尾加 er / est。

原級	比較級	最高級
tall　高的	tall**er**	tall**est**
short　矮的	short**er**	short**est**
old　老的	old**er**	old**est**
young　年輕的	young**er**	young**est**
warm　溫暖的	warm**er**	warm**est**

❷ 字尾為 e：加 r / st。

原級	比較級	最高級
large　大的	larg**er**	larg**est**
nice　好的	nic**er**	nic**est**
safe　安全的	saf**er**	saf**est**
wise　明智的	wis**er**	wis**est**

❸ 短母音 + 子音字尾：重複字尾加 er / est。

原級	比較級	最高級
sad　悲傷的	sad**der**	sad**dest**
big　大的	big**ger**	big**gest**
thin　薄的	thin**ner**	thin**nest**
fat　肥胖的	fat**ter**	fat**test**

❹ 字尾為子音加 y：去 y 加 ier / iest。

原級		比較級	最高級
dry	乾的	dr**ier**	dr**iest**

❺ 字尾為母音加 y：直接加 er / est。

原級		比較級	最高級
gray	灰色的	gray**er**	gray**est**

(2) 雙音節與多音節形容詞

❶ 字尾為子音加 y：去 y 加 ier / iest。

原級		比較級	最高級
happy	快樂的	happ**ier**	happ**iest**
heavy	重的	heav**ier**	heav**iest**
untidy	不整潔的	untid**ier**	untid**iest**

❷ 大多數雙音節或多音節形容詞：前面加 more 即構成比較級；加 most 即構成最高級。

原級		比較級	最高級
careful	小心的	**more** careful	**most** careful
famous	有名的	**more** famous	**most** famous
comfortable	舒服的	**more** comfortable	**most** comfortable
convenient	方便的	**more** convenient	**most** convenient

❸ 少數非 y 結尾的雙音節形容詞：可使用 er 字尾或前面加 more 構成比較級；可使用 est 字尾或前面加 most 構成最高級。

原級		比較級	最高級
clever	聰明的	clever**er** / **more** clever	clever**est** / **most** clever
simple	簡單的	simpl**er** / **more** simple	simpl**est** / **most** simple

(3) 由分詞 (V-ing、Vpp) 形成的形容詞：前面加 more 即構成比較級；加 most 即構成最高級。

原級	比較級	最高級
tiring　令人疲倦的	**more** tiring	**most** tiring
tired　疲勞的	**more** tired	**most** tired
amazing 令人震驚的	**more** amazing	**most** amazing
amazed　驚訝的	**more** amazed	**most** amazed

文法小精靈

上述的 more 與 most 分別用來表示比較級的「較…」與最高級的「最…」；若要表示比較級的「較不…」與最高級的「最不…」，則要在形容詞前加上 less 與 least。

2-2. 不規則變化

有些形容詞構成「比較級」與「最高級」時為不規則變化。

原級	比較級	最高級
good 好的 / well　健康的	better	best
bad　壞的 / ill　生病的	worse	worst
many / much 許多的	more	most
little 少的	less	least

練習2

I. 請寫出形容詞的**比較級**。

1. cheap →＿＿＿＿＿＿　　2. useful →＿＿＿＿＿＿

3. bad →＿＿＿＿＿＿　　4. brave →＿＿＿＿＿＿

5. easy →＿＿＿＿＿＿　　6. embarrassing →＿＿＿＿＿＿

II. 請寫出形容詞的**最高級**。

1. free →＿＿＿＿＿＿　　2. active →＿＿＿＿＿＿

3. little →＿＿＿＿＿＿　　4. wet →＿＿＿＿＿＿

5. much →＿＿＿＿＿＿　　6. excited →＿＿＿＿＿＿

2-3. 形容詞的比較

(1) A 與 B 兩者針對某一性質比較後，呈現雙方同等的情況。可用以下句型呈現比較後的結果。

> A + be V / 連綴動詞 + **as** + **原級** + **as** + B (+ be V / 連綴動詞)

- Andrew and Angelina are twins. He is **as old as** his sister (is).
  Andrew 和 Angelina 是雙胞胎。他的年紀和他妹妹一樣大。

> A + V + as + **many** + 可數名詞複數形 / **much** + 不可數名詞 + **as** + B (+ aux.)

- Sam ate **as many pieces of pizza as** Sally (did).
  Sam 和 Sally 吃了一樣多片的披薩。

- The juice contains **as much sugar as** the coke (does).
  這果汁和可樂含等量的糖。

(2) A 與 B 兩者針對某一性質比較後，呈現其中一方勝過另一方的情況。

❶ 正面說法：可用以下句型來呈現「A 比 B 更加…」。

> A + be V / 連綴動詞 + **比較級** + **than** + B (+ be V / 連綴動詞)
> = A + be V / 連綴動詞 + **the** + **比較級** + **of the two...**

- The winter in Moscow is **colder than** that in Taipei (is).
  莫斯科的冬天比臺北的冬天冷。
  = The winter in Moscow is **the colder of the two cities**.
  莫斯科的冬天是這兩座城市當中比較冷的。

- Cathy's hair is **longer than** Patty's (hair) (is).　Cathy 的頭髮比 Patty 的長。
  = Cathy's hair is **the longer of the two**.　Cathy 的頭髮是兩人之中較長的。

❷ 反面說法：可用以下句型來呈現「B 不像 A 一樣…」或「B 不如 A…」。

> B + be V / 連綴動詞 + **not** + **as** + **原級** + **as** / **less** + **原級** + **than** + A (+ be V / 連綴動詞)

- The winter in Taipei is **not as cold as** that in Moscow (is).
  臺北的冬天不像莫斯科的冬天一樣冷。

= The winter in Taipei is **less cold than** that in Moscow (is).

臺北的冬天不如莫斯科的冬天冷。

- Patty's hair is **not as long as** Cathy's (hair) (is).

Patty 的頭髮不像 Cathy 的一樣長。

= Patty's hair is **less long than** Cathy's (hair) (is).

Patty 的頭髮不如 Cathy 的長。

(3) 三者 (以上) 針對某一性質比較後，呈現最高級的比較結果。

❶ 正面說法：可用以下句型來呈現「A 是最…的」。

> **A + be V / 連綴動詞 + the + 最高級 (+ N) + ...**

- This is **the most touching movie** that I have ever seen.

這部電影是我所看過最感人的了。

- Home is **the most comfortable place** in the world.

家是世界上最舒服的地方了。

❷ 反面說法：可用以下句型來呈現「其他都不如 A…」。

> **No other + N + ... + be V / 連綴動詞 + 比較級 + than + A**

- No other movie that I have ever seen is **more touching than** this one.

我看過的其他電影都不如這部感人。

- No other place in the world is **more comfortable than** home.

世界上的所有地方都不如家來得舒適。

練習3

請依提示將兩句合併成一句。

1. Teddy watched ten movies during the summer vacation.

   Greg watched ten movies during the summer vacation. (Teddy...as...as)

   _____

2. Taipei 101 is 509.2 meters high.

   Tokyo Skytree is 634 meters high. (Taipei 101...as...as)

   _____

3. Jimmy runs faster than Amy in the marathon.

   Joan runs faster than Jimmy in the marathon. (Joan...the fastest runner...)

   _____

3. 形容詞的種類

　　形容詞主要用來點出名詞或是代名詞的性質、特徵、狀態等。以種類來區分的話，形容詞可以概分為「性狀形容詞」、「代名形容詞」與「數量形容詞」。而許多形容詞本身亦是代名詞，學習者常因此不知如何區分，其實方法很簡單：若是代名詞作用的字詞其後就不會再接名詞，然而形容詞作用的字詞其後卻是必接名詞或代名詞，以下便逐一詳細說明這三大種類的形容詞。

3-1. 性狀形容詞

　　這類形容詞可用來修飾名詞或是代名詞的性質、狀態和種類，如 red、tall、deep 等。有些常見的性狀形容詞為「由其他詞性的字轉化而來」，接下來便以介紹「由其他詞性轉化而來的性狀形容詞」為主。

(1) 動詞 + -able / -ible / -ive

- count → **countable** 可數的
- believe → **believable** 可信的
- depend → **dependable** 可靠的
- flex → **flexible** 可彎曲的
- attract → **attractive** 吸引人的
- talk → **talkative** 喋喋不休的

(2) 名詞 + -en / -al / -ful / -ic / -less / -ly / - ous / -y / -ern

- wood → **wooden** 木製的
- gold → **golden** 金的
- form → **formal** 正式的
- music → **musical** 音樂的
- help → **helpful** 有幫助的
- mind → **mindful** 留心的、注意的
- history → **historic** 有歷史意義的
- symbol → **symbolic** 象徵性的
- home → **homeless** 無家可歸的
- rest → **restless** 靜不下來的
- month → **monthly** 每月的
- danger → **dangerous** 危險的
- humor → **humorous** 幽默的
- hand → **handy** 便於使用的
- health → **healthy** 健康的
- west → **western** 西方的

練習4

請依提示填入適當的答案。

1. Leslie is looking for a machine _____ (wash) sweater for easy care.
2. This advertisement company wants to recruit a _____ (create) director.

3. The new hygiene regulations are _____ (effect) from tomorrow.

4. Ms. Lee explained the theory by giving students easy and _____ (understand) examples.

3-2. 代名形容詞

部分代名詞可轉作形容詞，分別形成「指示形容詞」、「不定形容詞」、「所有格形容詞」、「疑問形容詞」與「關係形容詞」。

(1) 指示形容詞

❶ this、that、these、those 這類指示代名詞可轉作形容詞，其後接名詞。

- **This** is a striped skirt.　這是一件有條紋圖案的裙子。
  (This 在此是指示代名詞的作用，因此其後不加名詞)

- **This** skirt is striped.　這件裙子是有條紋圖案的。
  (This 在此是指示形容詞的作用，因此其後須加名詞)

- **This** cup of coffee is mine and **that** is yours.　這杯咖啡是我的，那杯是你的。
  (This 在此是指示形容詞；that 在此是指示代名詞)

❷ this、that、these、those 可與表示時間的字詞連用來描述特定的時間。

- Many teenagers have at least one smartphone **these** days.
  現在很多青少年都擁有至少一部智慧型手機。(these days 為「現在，最近」)

- **This** time, Philip decides to be honest with his parents.
  這一次，Philip 決定向他的父母親坦白一切。(This time 為「這一次」)

- In **those** days, apples were rarely-seen.　在當時，蘋果是很少見的。
  (those days 為「那時，當時」)

(2) 不定形容詞

some、any、every 等不定代名詞可轉作形容詞，其後接名詞。

- "Do you have **any** questions concerning the assignment?" the teacher asked.
  老師問：「關於作業的部分，大家有沒有任何問題？」

- There's still **some** milk in the glass. Do you want **some**?
  玻璃杯裡還有一些牛奶。你要喝一點嗎？
  (第一個 some 為不定形容詞，修飾 milk；而第二個 some 為不定代名詞，代替 milk)

(3) 所有格形容詞

　　my、your、his、her、its、our、their 這類所有格形容詞置於名詞前面，意思是「…的」，其拼寫並不會因為後面名詞的單複數而改變。

- **My** <u>aunt</u> is an elementary school teacher.　我的阿姨是位小學老師。
- Some of **my** <u>clothes</u> were blown off from the balcony.

  我的一些衣服被吹下了陽臺。
- **Her** <u>hobbies</u> are baking cookies and biking.　她的興趣是烤餅乾和騎腳踏車。

(4) 疑問形容詞

　　what、which、whose 置於句首形成疑問句型，其後可加名詞，此時的書寫順序如下：

> 疑問形容詞 + N + be V / aux. + S...?

- **What** <u>day</u> is it today?　今天星期幾？
- **Which** <u>car</u> can I drive?　我可以開哪一臺車？
- **Whose** <u>umbrella</u> is it?　這是誰的傘？

(5) 關係形容詞

❶ whose、which、what 可引導間接問句，當作名詞子句使用。

- I wonder **whose** <u>umbrella it is</u>.　我想知道這是誰的傘。

  (間接問句 whose umbrella it is 當作名詞子句使用，作為 wonder 的受詞)
- Edward called to check **what** time he would meet us at the airport.

  Edward 打電話來確認什麼時間要與我們在機場碰面。

  (間接問句 what time he would meet us at the airport 當作名詞子句使用，作為 check 的受詞)

❷ whose 可引導關係子句，當作形容詞子句使用。

- Ellie is a young baker **whose** <u>dream is to own her business</u>.

  Ellie 是個夢想要擁有自己事業的年輕烘焙師。

  (關係子句 whose dream is to own her business 當作形容詞子句使用，修飾 baker)

練習5

請依句意選出最適當的答案。

_____ 1. I don't like this piece of jewelry. Can you show me _____ diamond
necklace over there on the shelf?

    (A) those   (B) that   (C) some   (D) its

_____ 2. My father is my aunt's brother, and I am _____ nephew.

    (A) his   (B) their   (C) her   (D) our

_____ 3. The girl asked _____ road led to the park.

    (A) which   (B) whose   (C) where   (D) when

3-3. 數量形容詞

這類形容詞顧名思義，是用來說明「數量」的形容詞，可概分為「不定數量形容詞」與「數詞」兩類。

(1) 不定數量形容詞可接「可數」或「不可數」名詞，如果接的是複數可數名詞，就使用複數動詞。如果接的是不可數名詞，則使用單數動詞。換言之，動詞的單複數由不定數量形容詞所接的名詞來決定，不受不定數量形容詞本身的意義影響。

可搭配的不定數量形容詞	
many (很多)、a (large / good / great) number of (許多)、several (數個)、a few (一些)、few (幾乎沒有)、both (兩個) 等	+ 複數可數名詞

- When Sharlene went to an international English summer camp last year, she made friends with **several** <u>foreigners</u>.
Sharlene 去年參加國際暑期英語營的時候，交了好幾個外國朋友。

- Every year the Yenshui Fireworks Festival attracts **a great number of** <u>visitors</u>.
每年的鹽水蜂炮都能吸引許多遊客。

可搭配的不定數量形容詞	
much (很多)、a (great / good) deal of (許多)、an amount of / a large amount of / large amounts of (許多)、a large / great sum of (一大筆)、a little (一些)、little (幾乎沒有) 等	+ 不可數名詞

- Chris needs **a large sum of** money because he wants to buy a new house.
  Chris 需要一大筆錢，因為他想要買間新房子。
- There is **little** food left in the fridge.
  冰箱裡幾乎沒有剩下多少食物。

可搭配的不定數量形容詞	+ 可數或不可數名詞
a lot of / lots of (許多)、plenty of (大量)、some (一些)、enough (足夠)、any (任何)、no (沒有)、all (所有)、most (大多數) 等	

- When climbing a high mountain, you will need to drink **plenty of** fluids.
  攀登高山時，你會需要喝大量的液體。
- I spent **most** time cleaning the room this afternoon.
  今天下午我大部分的時間都在整理房間。

　　some 通常用於肯定句，而 any 常用於否定句與疑問句之中。不過 some 也可用在表達「提供某物並希望獲得肯定回答」的疑問句之中，而 any 亦可接單數名詞用於肯定句之中表示「任一，每一」。

- Would you give me **some** advice on a healthy diet?
  可以給我一些健康飲食的建議嗎？
- Please give me a pen. **Any** color will do.
  請給我一支筆。任何顏色都行。

練習6

請圈選出正確的**不定數量形容詞**。

1. Scientists have conducted (a great number of / a great deal of) research into the vaccine against the cancer.
2. The new accountant made (a lot of / a large sum of) mistakes on her first day of work.
3. You can order (several / plenty of) new office equipment from the catalog online.
4. The amusement park is always crowded with (a great number of / a great deal of) people on holidays.

(2) 數詞是用來表示「計算數量」與「表示排列順序」的字詞，主要可分為「基數」與「序數」兩種類型。

❶ 基數：用來計數的字詞，通常接可數名詞。

- There are **five** <u>people</u> in my family. 我家有五個人。
- About **a hundred** <u>employees</u> were laid off because of recession.
  由於不景氣，有約百位員工被解僱。

① 在英式用法中會把 and 放在最小單位或是十位數字之前，而美式用法通常將其省略。

② hundred 前的數字不論是否大於 1，hundred 都不加 s。

- a / one hundred **(and)** one = 101   • nine hundred **(and)** ninety-nine = 999

千位以上的數字

① 以阿拉伯數字每三個數字為一單位，注意逗點。

② thousand、million、billion、trillion 這四個字不論其前的數字是否大於 1，字尾也是都不須加 s。

③ 千位數以上的數字，不管數字多大，英式用法會把 and 放在最小單位或是十位數字之前，而美式用法通常將其省略。

- a / one million = 1,000,000 一百萬   • a / one billion = 1,000,000,000 十億
- a / one trillion = 1,000,000,000,000 一兆
- a / one thousand, two hundred **(and)** thirty-four = 1,234
- eight hundred (and) forty thousand, four hundred **(and)** fifty-six = 840,456
  = 840 個 1,000 + 456
- ten million, nine hundred (and) eighty-seven thousand, **(and)** one hundred
  = 10,987,100 = 10 個百萬 987 個千 + 100

泛指數目非常多

① hundred、thousand、million、billion、trillion 字尾若加上 s，其後接 of，表示「數以…計的」，後面接複數名詞。

② tens of (thousands / millions / billions) of something，由於英文中的數字單位只有百、千、百萬與十億，因此若要表示「數以萬 / 千萬 / 百億計的」，可在前面加上 tens of。

- hundreds of 數以百計
- thousands of 數以千計
- tens of thousands of 數以萬計
- millions of 數以百萬計
- billions of 數以十億計
- trillions of 數以萬億計
- **Hundreds of** <u>people</u> joined the biking event last week.
  上週的騎單車活動有數以百計的民眾參加。
- **Tens of thousands of** <u>products</u> were destroyed because of contamination.
  數以萬計的產品因為受到汙染而被銷毀。

❷ 序數：用來表示「排列順序」的字詞。

一般表示「順序」時會與 the 連用。

- Billy is usually <u>the</u> **first** student that comes to school every day.
  Billy 通常是每天第一個到校的學生。
- The IT department is on <u>the</u> **fifth** floor.　資訊科技部在五樓。

如果序數之前有所有格形容詞 (my / your / his...) 或是名詞的所有格 (如：Ann's) 的話，就不用再加 **the**。

- Adam was <u>her</u> **first** love.　Adam 是她的初戀情人。
- <u>Mr. and Mrs. Hall's</u> **third** baby is due in April.
  Hall 夫婦的第三個孩子預產期在四月。

❸ 基數與序數的應用。

西元年分	
讀法以兩兩數字為一單位。與數字讀法相同，美式用法會將十位數前的 and 省略。	
年分數字	唸法
776	美式用法唸 seven seventy-six；英式用法唸 seven hundred and seventy-six
1600	sixteen <u>hundred</u>
2009	two <u>thousand</u> (and) nine
2030	twenty thirty

小數
小數點的讀法為 point，如果小數點前的個位數為零，則無須讀出個位數。小數點後的數字要一個一個讀。

數字	唸法
1.123	one point one two three
0.5	point five

分數	

分數有分子與分母，讀法為分子在前以基數表示，分母在後以序數表示。當分子大於 1 時，分母字尾須加 s 以表示複數。若分數之前尚有整數，則以 and 來連接整數與分數。

數字	唸法
$\dfrac{1}{4}$	one-fourth (也可唸作 a / one quarter)
$\dfrac{2}{3}$	two-thirds
$1\dfrac{1}{2}$	one **and** a half

含有數詞的複合形容詞	

將數詞與單數名詞放在一起可形成複合形容詞。

- a **ten-year-old** girl 十歲的小女孩
- a **three-tier** cake 一個三層的蛋糕
- a **six-story** building 一棟六層樓高的建築
- a **one-year** journey 一趟為期一年的旅行

練習7

請圈選出正確的**形容詞**。

1. Almost two (thousand / thousands) people were sent into quarantine because of the worsening epidemic.
2. Natasha received a puppy as a gift on her (the eighth / eighth) birthday.
3. Samuel set a new record in the (ten-mile / ten-miles) road race this morning.
4. This software company serve (million / millions) of users worldwide.

4. 形容詞的用法

　　當形容詞置於欲修飾的名詞或代名詞前後是為了限制該名詞的「意義與範圍」，此時的形容詞是「限定性用法」。倘若將形容詞置於 be 動詞、連綴動詞

之後或是受詞之後以作為補語，此時形容詞的功能在於說明主詞或受詞的「性質與狀態」，因此被稱為「敘述性用法」。因此，形容詞在句中的位置會影響句意：

- This is a **fierce** tiger.　這是一隻凶猛的老虎。(fierce 修飾名詞 tiger，是限定性用法)
- This tiger is **fierce**.　這隻老虎是凶猛的。

  (fierce 在 be 動詞之後作為補語，是敘述性用法)

　　要特別當心的是：並不是所有形容詞都同時具備「限定性用法」或「敘述性用法」，有些形容詞的位置改變也會連帶影響到句意。

(○) My **younger** sister is living in Taipei.　我妹妹現在住在臺北。

　　(younger 是限定性用法，younger sister 表示「妹妹」)

(×) My sister living in Taipei is **younger**.

我住在臺北的那位姊妹是比較年輕的。

　　(這句的 younger 雖然看起來是敘述性用法，不過這句卻跟上一句的意義大不相同，younger 只是形容詞的比較級，無法判別 my sister 是與誰相較之下為 younger，因此 younger 只適合用於限定性用法)

　　以下便分別詳細介紹不同位置之中的限定性用法與敘述性用法。

4-1. 限定性用法的前位修飾

　　將形容詞放在欲修飾的名詞之前，即為形容詞的「前位修飾」。可置於名詞之前的形容詞有許多種類，當它們修飾同一名詞時，通常須依照特定的順序排列，以下即依照這些形容詞的排列順序加以說明：

(1) 所有格形容詞 (my、your、his...) 與指示形容詞 (this、that...)

　　所有格形容詞與指示形容詞不可同時用來修飾同一名詞，這兩種形容詞也不會和冠詞 (a、an、the) 同時使用。此外，所有格形容詞、指示形容詞或冠詞通常置於其他形容詞之前，只有遇到 all (全部的)、both (兩者)、such (如此的)、what (多麼) 等形容詞時才會置於其後。

- Most parents give all **their** love to their children.

  大多數父母親會把他們全部的愛都給自己的孩子。

  〔形容詞 (all) + 所有格形容詞 (their) + 名詞 (love)〕

- What a wonderful trip it was!　這是一次多麼美好的旅行啊！

  〔形容詞 (What) + 冠詞 (a) + 形容詞 (wonderful) + 名詞 (trip)〕

(2) 數詞

　　數詞包含序數 (first、second、third...)、基數 (one、two、three...)、分數 (one-third...)。欲同時使用序數與基數來修飾同一個名詞時，通常先用「序數」然後才用「基數」。

- The restaurant will treat its **first** ten guests to appetizers.
  餐廳將會招待前十名用餐者開胃菜。

(3) 如果在前述三大類之外還有其他要修飾同一個名詞的形容詞，通常是用來描述該名詞的性質特徵，這些描述性質特徵的形容詞當中，越是密切相關的形容詞會越靠近該名詞，通常會依下列順序排列：

	主觀判斷	年代、新舊、年紀	由分詞轉化而來的形容詞	材質	
尺寸大小形狀		顏色		國籍或來源地	作修飾用的名詞

順序	範例		
❶ 主觀判斷	delicious 美味的	easy 簡單的	perfect 完美的
❷ 尺寸大小、形狀	large 大的	round 圓的	square 方的
❸ 年代、新舊、年紀	ancient 古老的	new 新的	old 舊的；老的
❹ 顏色	golden 金色的	purple 紫色的	silver 銀色的
❺ 由分詞 (V-ing、Vpp) 轉化而來的形容詞	abandoned 被遺棄的	broken 破碎的	developing 開發中的
❻ 國籍或來源地	Dutch 荷蘭的	Greek 希臘的	Scottish 蘇格蘭的
❼ 材質	leather 皮革製的	plastic 塑膠製的	wooden 木製的
❽ 作修飾用的名詞	cleaning 清潔 → **cleaning** supplies 　清潔用品	sports 運動 → **sports** center 　運動中心	travel 旅行 → **travel** agency 　旅行社

以下為一些搭配範例：

a	beautiful	red	rose	garden	
冠詞	主觀判斷	顏色	作修飾用的名詞	名詞	一座美麗的紅玫瑰花園
his	wrinkled		cotton	shirt	
所有格形容詞	由分詞轉化而來的形容詞		材質	名詞	他皺掉的棉襯衫
some	gigantic		stone	sculptures	
不定數量形容詞	尺寸大小		作修飾用的名詞	名詞	一些巨大的石雕
those	three	middle-aged	Australian	tourists	
指示形容詞	數詞	年紀	國籍	名詞	那三位澳洲籍的中年遊客

練習8

請將括弧內的字詞排列出正確的順序，並填入空格中。

1. Look at _____ car! (sports / expensive / Italian / this)
2. My sister likes _____ dress. (lace / my / new / white)
3. Mr. Wright stores his money and jewelry in _____ safe. (black / large / a / steel)
4. We visited _____ cathedrals in Germany. (ancient / a few / Gothic / beautiful)

4-2. 限定性用法的後位修飾

遇到下列情形時，形容詞必須置於名詞之後來修飾該名詞。

(1) 搭配字首為any-、no-、some-、every-或字尾為-thing、-body、-one 的代名詞。

anything 任何事物	nothing 沒有事物	something 某事物	everything 每件事物
anybody 任何人	nobody 沒有人	somebody 某人	everybody 每個人
anyone 任何人		someone 某人	everyone 每個人

· It was something **unbelievable** that Peter would apologize for his mistakes.
Peter 會為了自己的錯誤而道歉是一件不可思議的事。

· What he just said was <u>nothing</u> **important**.　他剛剛所說的都是無關緊要的事。

(2) 表示「長度；寬度；高度；深度；厚度」的形容詞與數詞連用時，必須將這些形容詞 (long、wide、high、tall、deep、thick) 置於單位名詞之後。

· That American basketball player is <u>six feet three inches</u> **tall**.
那位美國籃球員有六呎三吋高。

· This mountain is <u>2,663 meters</u> **high**.　這座山有兩千六百六十三公尺高。

練習9

請依句意選出最適當的答案。

_____ 1. I met _____ on the street today.

    (A) someone strange   (B) anyone strange

    (C) any strange one   (D) strange someone

_____ 2. The road to the urban area is _____.

    (A) three-kilometers-long   (B) three kilometers long

    (C) long three kilometers   (D) three long kilometers

4-3. 敘述性用法通常為後位修飾

形容詞若接在 be 動詞或連綴動詞之後，或是接在受詞之後，是作為補語之用，稱之為「後位修飾」。

· Aron <u>felt</u> **awful** after he lied to his parents.
Aron 說謊欺騙他的爸媽之後感到心裡很不舒服。(awful 為主詞補語修飾 Aron)

· You make <u>my life</u> **complete**.　你讓我的生命完整。
(complete 為受詞補語修飾 my life)

以 a 開頭的形容詞通常只能作敘述性用法，置於動詞之後，如下列形容詞：

· asleep 睡著的	· awake 醒著的	· alive 活著的
· afraid 害怕的	· ashamed 羞愧的	· apart 分開的
· alone 獨自的	· alike 相像的	· aware 意識到的

· Josephine was so tired that she <u>fell</u> **asleep** right away.
Josephine 太累了以致於立刻就睡著了。

· The python <u>ate</u> this poor deer **alive**.　蟒蛇生吞了這頭可憐的鹿。

 **練習10**

句子重組。

1. after drinking / Jo stayed / strong coffee / awake all night / two cups of

_____

2. these two pictures / It is hard / they look / apart because / very similar / to tell

_____

 三、練習解答

1.　　1. The secretary labeled the document confidential.

　　　2. Steve is reliable and a man of his word.

　　　3. This energetic woman goes to the gym twice a week.

2.　　I. 1. cheaper　　2. more useful　　3. worse　　4. braver　　5. easier

　　　　6. more embarrassing

　　　II.1. freest　　2. most active　　3. least　　4. wettest　　5. most

　　　　6. most excited

3.　　1. Teddy watched as many movies as Greg (did) during the summer vacation.

　　　2. Taipei 101 is not as high as Tokyo Skytree (is).

　　　3. Joan is the fastest runner in the marathon.

4.　　1. washable　　2. creative　　3. effective　　4. understandable

5.　　1. (B)　　2. (C)　　3. (A)

6.　　1. a great deal of　2. a lot of　　3. plenty of

　　　4. a great number of

7.　　1. thousand　　2. eighth　　3. ten-mile　　4. millions

8.　　1. this expensive Italian sports　　2. my new white lace

　　　3. a large black steel　　　　　4. a few beautiful ancient Gothic

9.　　1. (A)　　2. (B)

10.　1. Jo stayed awake all night after drinking two cups of strong coffee.

　　　2. It is hard to tell these two pictures apart because they look very similar.

第十一章
副詞

一、基本觀念

　　英文雖然可以只用名詞與動詞組成一個句子,不過那樣就好像炒菜時只放了油與菜一樣,顯得乏味了點,這時候就需要加放形容詞與副詞,讓句子有更豐富的語意。形容詞主要用於修飾名詞或代名詞,而副詞通常用於修飾動詞、形容詞、其他副詞或全句。

- Pablo Picasso's paintings are **extremely** <u>expensive</u>.　畢卡索的畫非常昂貴。
  (副詞 extremely 修飾形容詞 expensive)
- Usain Bolt runs **very** <u>fast</u>.　「閃電」波特跑得飛快。
  (副詞 very 修飾副詞 fast)
- **Fortunately**, <u>the sick boy was rushed to the hospital in time</u>.
  幸運的是,生病的小男孩很快地就被及時送到醫院。(副詞 Fortunately 修飾全句)

　　許多英文字本身有多種詞性,可能既可當作形容詞也可當作副詞,又或者可當作連接詞或副詞,要依據它們所修飾的字詞才能判斷它們在該句是當作什麼詞性。

- Jason <u>works</u> **hard**.　Jason 工作勤奮。(副詞 hard 修飾動詞 works)
- For him, raising a family is **hard** <u>work</u>.　對他而言,養家糊口是件苦差事。
  (形容詞 hard 修飾名詞 work)

　　副詞的種類繁多,可以概分為「時間副詞」、「地方副詞」、「頻率副詞」、「程度副詞」、「情態副詞」、「疑問副詞」與「關係副詞」等。

　關係副詞的用法請見第十六章:關係詞。

二、學習重點

 1. 副詞的形成

副詞通常由形容詞衍生而來，所以接下來以形容詞作為根據，加以分類說明。

1−1. 規則變化

種類	規則	範例
一般形容詞字尾	加 **ly**	honest → honest**ly** 誠實地 quick → quick**ly** 快地
字尾為 **le** 的形容詞	去 **e** 加 **y**	gentle → gent**ly** 舒適地 possible → possib**ly** 有可能地
字尾為**子音 + y** 的形容詞	去 **y** 加 **ily**	happy → happ**ily** 快樂地 necessary → necessar**ily** 必要地
字尾為 **ic** 的形容詞	加 **ally**	basic → basic**ally** 基本上 organic → organic**ally** 有機地
字尾為 **ll** 的形容詞	加 **y**	dull → dull**y** 無聊地 full → full**y** 完全地
分詞 (V-ing、Vpp) 形式的形容詞	加 **ly**	amazing → amazing**ly** 令人驚訝地 disappointed → disappointed**ly** 失望地

1−2. 不規則變化

不規則變化	範例	
與形容詞同形的副詞	early 早的 / 早早地	fast 快速的 / 快速地
	enough 足夠的 / 足夠地	much 很多的 / 很，非常
	daily 每日的 / 每日地 (副詞 daily = every day)	hard 努力的 / 努力地 (副詞 hardly 表示不同語意：「幾乎不⋯」)
	late 遲的 / 遲地 (副詞 lately 表示不同語意：「最近」)	near 附近的 / 附近地 (副詞 nearly 表示不同語意：「幾乎」)
其他不規則變化的副詞	good → **well** 良好地	

1-3. 字尾為 **ly** 卻非副詞而是形容詞

- friendly 友善的
- lovely 可愛的
- costly 昂貴的
- lonely 寂寞的
- timely 及時的
- likely 可能的
- deadly 致命的
- ugly 醜的
- lively 活力充沛的

 練習1

請寫出形容詞的**副詞**。

1. important →＿＿＿＿＿＿＿＿＿   2. simple →＿＿＿＿＿＿＿＿＿

3. lucky →＿＿＿＿＿＿＿＿＿   4. romantic →＿＿＿＿＿＿＿＿＿

5. excited →＿＿＿＿＿＿＿＿＿   6. interesting →＿＿＿＿＿＿＿＿＿

2. 比較級與最高級變化

副詞與形容詞一樣有原級、比較級與最高級三種形式。

2-1. 以 **ly** 結尾的副詞

大多數以 ly 結尾的副詞只要在前面加上 more 即可形成比較級；而若是在前面加上 most (前面可以不加 the) 則可形成最高級。

原級		比較級	最高級
slowly	慢慢地	**more** slowly	**most** slowly
carefully	小心地	**more** carefully	**most** carefully
wisely	明智地	**more** wisely	**most** wisely
bravely	勇敢地	**more** bravely	**most** bravely
nervously	緊張地	**more** nervously	**most** nervously

2-2. 單音節且與形容詞同形的副詞

與形容詞同形的單音節副詞的變化與形容詞相同。

原級		比較級	最高級
fast	快速地	faster	fastest
hard	努力地	harder	hardest

late	遲地	later	latest

2-3. 比較級與最高級為不規則變化的副詞

只有少數副詞的比較級與最高級是不規則的變化，需要學習者特別去記憶，例如：

原級		比較級	最高級
well	很好地	better	best
badly	糟糕地	worse	worst
far	遠地	farther / further	farthest / furthest
little	少地	less	least
early	早早地	earlier	earliest
much	很	more	most

 練習2

請依句意圈選出正確的字詞。

1. Tommy runs the (faster / fastest) in the class.

2. Gina dances (more beautifully / most beautifully) than Mia.

3. Which European country do you like to visit (more / most), Norway, Switzerland or Greece?

3. 副詞的種類與功能

3-1. 時間副詞

(1) 用來表示動作或事件發生的「時間點」或是「持續多長時間」，可以使用時間副詞，也可以使用表示時間的副詞片語 (介系詞 + 時間)。常見的時間副詞有 today、now、just、yesterday、then 等。

・David won a gold medal **yesterday**.　David 昨天贏得一面金牌。

　(yesterday 表示時間點為昨天)

・She has been a diplomat <u>since</u> **2018**.　從 2018 年起，她就開始擔任外交官。

　(副詞片語 since 2018 表示從 2018 年起開始一直持續)

(2) 有些時間副詞所形成的副詞片語當中不會有介系詞，例如 ...ago、last...、next... 等。

- The singer released her first single four years **ago**.
  這名歌手四年前推出她的第一張單曲。
- The violinist will give a recital **next** year.
  這名小提琴家明年將舉辦一場獨奏會。

(3) 時間副詞多置於句尾或是接在名詞之後作修飾之用，如欲具有強調意味也可置於句首。當句中同時出現多個時間副詞時，則通常依照範圍或層級由小到大的順序排列，例如：幾點鐘 → 星期幾 → 日期 → 年分。

- Joey checked his flock of sheep **daily last month**.
  上個月 Joey 每天都去看看他的羊群。
  (daily 以及副詞片語 last month 按照由小到大的順序排列)
- The concert **today** was awesome!　今天的演唱會太讚了！
  (today 可放在名詞 the concert 之後作修飾)

(4) 有些時間副詞並沒有明確指出時間點，而是補充動作或事件當下的狀態。

❶ still 用於表現動作的持續性，常置於 be 動詞或助動詞之後、一般動詞之前，語意是「仍然」。

- I can **still** remember the day when I first met Nicky.
  我仍然還記得我第一次見到 Nicky 的那一天。

❷ already 一般用於肯定句與疑問句中，常置於 be 動詞或助動詞之後、一般動詞之前或整句的句尾，語意是「已經」。

- Ted has **already** fed his dog. = Ted has fed his dog **already**.
  Ted 已經餵過狗了。
- Have you had your lunch **already**? = Have you **already** had your lunch?
  你已經吃過午餐了嗎？

❸ yet 常用於疑問句與否定句，與 not 連用時的語意是「尚未；還沒」，而若置於句尾則表示「還沒發生但可預期將會…」。

- Mia: Has Vivian given birth to the baby **yet**?　Vivian 生了嗎？
  Ken: No, not **yet**.　不，還沒呢。

練習3

請依句意圈選出正確的字詞。

1. The bakery reopened (last / in last) week.

2. Lenora (had already / already had) an exam at two o'clock yesterday.

3. The mobile network (still is / is still) unavailable after reset.

3-2. 地方副詞

(1) 在英文句子中加入地方副詞可表示出動作或事件發生的位置。常見的地方副詞有 abroad、back、forward、here、upstairs 等。地方副詞可接在名詞之後作修飾之用，但不用來修飾形容詞或其他副詞。

- The stray dog **downstairs** looks hungry.　樓下的流浪狗看起來很餓。

  (downstairs 可放在名詞 the stray dog 之後作修飾)

(2) 有些地方副詞 (如 around、behind 等) 本身亦可當作介系詞，當作介系詞時其後就必須接名詞。

- Kay looked **around** and then cried.　Kay 環顧四周然後哭了。

  (around 為地方副詞，修飾動詞 looked)

- Sam had a belt **around** his waist.　Sam 的腰上繫著一條皮帶。

  (around 為介系詞，其後接名詞 his waist)

(3) 地方副詞經常置於句尾，若置於句首則其後應使用倒裝句，句型為地方副詞 ＋ V ＋ S，但主詞若為代名詞則不用倒裝。

- **Here** comes the helicopter. ＝ The helicopter comes **here**.　直升機來了。

  (主詞為名詞 the helicopter，可使用倒裝)

  → **Here** it comes.　它來了。(主詞為代名詞 it，不使用倒裝)

(4) 若同個句子同時出現兩個以上的地方副詞，也須依照範圍或層級由小到大的順序排列。當句中同時出現地方副詞與時間副詞時，通常先寫地方副詞再寫時間副詞。

- The Mummy exhibition takes place **in the British Museum in London**.
  木乃伊展舉辦在倫敦的大英博物館。

  (in the British Museum 及 in London 按照由小到大的順序排列)

- Tyson fell asleep **here** <u>yesterday</u>.　Tyson 昨天在這裡睡著了。

  (here 為地方副詞在前，yesterday 為時間副詞在後)

練習4

填空式翻譯。

1. 樓上的鄰居給了我們一盒巧克力。

   The neighbor _____ gave us a box of chocolate.

2. 她下個月要到國外讀書。

   She will study _____ next month.

3. 往室外走，你就會看到紀念碑在那裡。

   Walk _____ and you will see the monument over _____ .

3-3. 頻率副詞

(1) 在英文句子中加入頻率副詞可表示動作或事件發生的頻率，經常用來回答疑問句 How often...?。頻率副詞通常置於 be 動詞或助動詞之後、一般動詞之前。以下為按照發生頻率由低至高排列的頻率副詞：

| never | hardly | rarely | seldom | occasionally | sometimes | often | frequently | usually | always |

0% ————————————————————————→ 100%

- Marvin <u>is</u> **rarely** late for work.　Marvin 很少上班遲到。(rarely 置於 be 動詞之後)

- Austin **sometimes** <u>brings</u> his kids to the zoo.

  Austin 有時候會帶孩子去動物園玩。(sometimes 置於一般動詞 brings 之前)

(2) 另外有些「次數＋時間」的頻率副詞片語，表示某事件發生的次數，例如 once a year、twice a month、three times a day 等，則是類似時間副詞的用法，通常置於句尾。

- According to the prescription, you should take the medicine **three times a day**.　根據處方箋，你應該一天服藥三次。

  (three times 為次數在前，a day 為時間在後)

練習5

請依句意選出最適當的答案。

_____ 1. A: _____ do you walk your dog?

　　　　　B: Twice a week.

　　　　　(A) How long　　(B) How soon　　(C) What time　　(D) How often

_____ 2. Nina is a diligent student. She studies very hard and _____ hands in her reports on time.

　　　　　(A) always　　　(B) never　　　(C) sometimes　　(D) rarely

_____ 3. A: Does Mr. Lee often assign homework on Friday?

　　　　　B: No, he _____ does.

　　　　　(A) frequently　　(B) often　　　(C) seldom　　　(D) usually

3-4. 程度副詞

(1) 在英文句子中加入程度副詞可表示動詞、形容詞或是其他副詞的程度；程度副詞通常置於欲修飾的字詞之前。常見的程度副詞有 much、rather、almost、so、too 等。

- I **strongly** <u>recommend</u> you to try out this product.

  我強烈建議你試試這項產品。(strongly 修飾動詞 recommend)

- The kid is **quite** <u>mature</u> for his age.

  以這個小孩的年齡來說，他表現得相當成熟。(quite 修飾形容詞 mature)

(2) so 可修飾後方的形容詞或副詞，與 that 連用形成 so + adj. / adv. + that...，語意是「如此⋯以致於⋯」，用來表示「結果」的副詞子句。

- This horror movie was **so** <u>scary</u> that I couldn't watch it alone.

  這部恐怖片如此可怕以致於我無法一人獨自觀看。(so 修飾後方的形容詞 scary)

- Parker worked **so** <u>well</u> that he gained the recognition of the manager.

  Parker 工作表現良好以致於獲得經理的認可。(so 修飾後方的副詞 well)

 文法小精靈

so 作連接詞用時表示「所以」。

(3) enough 可修飾前方的形容詞或副詞，與不定詞連用形成 adj. / adv. + enough + to V，語意是「夠⋯以致於能⋯」。

- Hank is <u>strong</u> **enough** to lift a heavy piece of furniture alone.
  Hank 夠強壯以致於能獨自一人舉起一件很重的家具。
  (enough 修飾前方的形容詞 strong)

- Jessica ran <u>fast</u> **enough** to catch the thief.
  Jessica 跑得夠快以致於能抓到小偷。(enough 修飾前方的副詞 fast)

(4) too 可修飾後方的形容詞或副詞，與不定詞連用形成 too + adj. / adv. + to V，語意是「太⋯以致於不能⋯」。

- Ellie is **too** <u>young</u> to drink coffee.　Ellie 年紀太小以致於不能喝咖啡。
  (too 修飾後方的形容詞 young)

- He got up **too** <u>late</u> to watch the sunrise.　他太晚起床以致於無法看到日出。
  (too 修飾後方的副詞 late)

練習6

請依句意選出最適當的答案。

_____ 1. Wilson is _____ charming that every girl in the company admires him.
　　(A) enough　　(B) so　　(C) such　　(D) as

_____ 2. Alyssa didn't listen carefully _____ to what I said. That's why she got into trouble.
　　(A) too　　(B) so　　(C) enough　　(D) quite

_____ 3. The air conditioner doesn't work. It is _____ hot to sleep well.
　　(A) so　　(B) too　　(C) almost　　(D) enough

3-5. 情態副詞

　　在英文句子中加入情態副詞可表示動作或事件發生時的情形或狀態。情態副詞通常用來修飾動詞，可置於動詞之前或受詞之後。如該句之中沒有受詞，則副詞通常置於動詞之後。常見的情態副詞有 happily、slowly、poorly、well、fast 等。

· We **patiently** <u>waited</u> for his arrival. = We waited for <u>his arrival</u> **patiently**.

我們耐心地等候他的到來。

(patiently 可置於動詞 waited 之前，也可置於受詞 his arrival 之後)

→ We <u>waited</u> **patiently**.　我們耐心地等待。

(此句無受詞，patiently 置於動詞 waited 之後)

· The waiter **accidentally** <u>dropped</u> the cup.

= The waiter dropped <u>the cup</u> **accidentally**.　服務生意外地摔落了杯子。

(accidentally 可置於動詞 dropped 之前，也可置於受詞 the cup 之後)

當一個句型裡有不同類型的副詞，常以「情態副詞＋地方副詞＋時間副詞」為順序書寫。

· The tornado moved **quickly northward this morning**.

龍捲風今天早上快速向北移動。

(情態副詞 quickly ＋地方副詞 northward ＋時間副詞 this morning)

練習7

句子重組。

1. examined / because it was / the file cautiously / a high-profile case / The judge

_____

2. should know how / properly in public / to speak / The spokesperson

_____

3-6. 疑問副詞

(1) 在英文句子中加入疑問副詞如 when、where、why、how 可幫助形成疑問句型，用於詢問「時間」、「地方」、「原因或目的」與「方法或程度」。在直接問句中，疑問副詞必須置於句首，其後必先接 be 動詞或助動詞後再接主詞，句尾不要忘記加上問號。

· **When** <u>will</u> the fire drill start?　消防演習何時開始呢？

· **Where** <u>did</u> the travel fair take place last week?

上星期的旅遊展在何處舉辦呢？

- **Why** <u>was</u> Anton absent from work today?　為何 Anton 今天沒有來上班？
- **How** <u>do</u> you like the soup?　你覺得這道湯如何呢？

(2) 疑問副詞 how 之後可搭配 many、much、long、soon、far、often、old、tall、high、deep、wide 等形容詞或副詞，形成疑問詞組來詢問想要的資訊。

How many + 可數名詞？	有多少…？	How often...?	…的頻率多久一次？
How much + 不可數名詞？	有多少…？	How old...?	…年紀多大？
How long...?	…持續多久時間？	How tall / high...?	…有多高？
How soon...?	再過多久時間…？	How deep...?	…有多深？
How far...?	…有多遠？	How wide...?	…有多寬？

文法傳送門　疑問句的詳細用法請見第二章：句子的功能與種類。

練習8

請依句意選出最適當的答案。

_____ 1. A: _____ is your shirt wet through?

　　　　 B: It started to rain heavily when I was wandering on the street.

　　　　 (A) How 　　　 (B) Why 　　　 (C) Where 　　　 (D) When

_____ 2. A: _____ can we officially meet Adam's new girlfriend?

　　　　 B: I don't know. Maybe next week.

　　　　 (A) How 　　　 (B) Why 　　　 (C) Where 　　　 (D) When

_____ 3. A: _____ do you like your new apartment?

　　　　 B: Very much! It's cozy and the neighbors are all friendly.

　　　　 (A) How 　　　 (B) Why 　　　 (C) Where 　　　 (D) When

3-7. 常見的副詞片語

day by day / day after day	日復一日	**upside down**	顛倒地
day and night	日以繼夜	**inside out**	裡朝外地
sooner or later	遲早	**in and out**	進進出出地
now and then	偶爾	**back and forth**	來來回回地
from time to time / once in a while	有時候	**up and down**	上上下下地；來來回回地；到處

· Don't worry. You will get her message **sooner or later**.

別擔心。你遲早會收到她的訊息。

· Do you know why the flag was hung **upside down**?

你知道為什麼旗子被顛倒地掛著嗎？

練習9

請依句意選擇最適當的**副詞片語**，將其代號填入答案格中，每項限用一次。

(A) from time to time　(B) up and down　(C) day after day　(D) inside out

1. Adeline teased Frank because he wore his sweater _____ this morning.

2. Katherine knit the scarf _____ . Finally, she finished it right on the day before her grandma's birthday.

3. Judy forgets things _____ . However, Brian fails to remember things all the time!

4. Ulysses has been looking for his car keys _____ inside the house for half an hour.

三、練習解答

1.	1. importantly	2. simply	3. luckily	4. romantically
	5. excitedly	6. interestingly		
2.	1. fastest	2. more beautifully	3. most	
3.	1. last	2. already had	3. is still	

4.　　　1. upstairs　　　　2. abroad　　　　3. outside / outdoors ; there

5.　　　1. (D)　　　　2. (A)　　　　3. (C)

6.　　　1. (B)　　　　2. (C)　　　　3. (B)

7.　　　1. The judge examined the file cautiously because it was a high-profile case.

　　　　2. The spokesperson should know how to speak properly in public.

8.　　　1. (B)　　　　2. (D)　　　　3. (A)

9.　　　1. (D)　　　　2. (C)　　　　3. (A)　　　　4. (B)

第十二章
介系詞

練習解答

一、基本觀念

　　介系詞的功能是介紹其後的名詞、代名詞、動名詞 (即介系詞的受詞) 與其他字之間的關係。常見的介系詞有：in、on、of、beside、between 等。由介系詞所呈現的關係包含「時間」、「地方」、「原因」、「方法」、「材料」、「目的」、「結果」、「關於」、「比較」等。要判斷該使用哪個介系詞，應以介系詞本身的語意或是介系詞後方的名詞、前方的動詞等作為根據。

　　如將介系詞與其後的受詞相連在一起，即形成介系詞片語，可以當形容詞來修飾名詞或是用作補語，也可以當副詞來修飾動詞。

· My favorite singer is **on** the air now.　我最喜歡的歌手現在在廣播節目上。
(介系詞片語在 be 動詞之後當補語)

· The tall man **with** a mustache is Ross.　那個留著鬍子的高大男子是 Ross。
(介系詞片語當形容詞修飾 The tall man)

· The girl sitting **behind** me was Mandy.　坐在我後面的女孩是 Mandy。
(介系詞片語當副詞修飾 sitting)

　　介系詞並不一定僅限於一個單字，也有可能是兩個或三個單字組成，如：due to、in addition to 等。

· All flights were canceled **due to** the terrorist attacks.
所有的班機因為恐怖攻擊而取消。

 二、學習重點

 1. 介系詞的種類與用法

1-1. 表示時間

(1) at 用於表示幾點幾分、幾歲等特定的時間點。例如 at dawn (在破曉時分)、at sunrise (在日出時)、at noon (在中午)、at midnight (在午夜)、at the same time (在同時)、at present (在此刻)、at dinner (在晚餐時) 等。

· Wendy sets her alarm clock **at** ten past six.
Wendy 把鬧鐘定在六點十分。(特定時間)

· Beverly met Roy **at** the age of sixteen.
Beverly 在她十六歲時認識了 Roy。(特定年齡)

(2) on 用於表示星期幾、幾月幾號、節日等特定的日子，例如 on weekdays (在週間平日)、on the weekend (在週末)、on a wedding anniversary (在結婚紀念日)、on voting day (在投票日) 等，可加上午、下午等。

· The opening ceremony of the twenty-ninth Summer Universiade was **on** the evening of August 19.
第二十九屆世界大學運動會的開幕典禮是在八月十九日傍晚。(日期加上傍晚)

· A grand celebration party will be held **on** Christmas Eve.
耶誕節前夕將會舉辦一場盛大的慶祝派對。(節日)

(3) in 用於表示月分、季節、年分、世紀，或用於表示較長而沒那麼特定的時間，例如 in (the) spring (在春天)、in (the) summer (在夏天)、in (the) future (在未來)、in (the) past (在過去) 等。

· Ray is reading a book published **in** 2010.
Ray 正在看一本 2010 年出版的書。(年分)

· The industrial revolution began **in** the eighteenth century.
工業革命開始於十八世紀。(世紀)

(4) within 用於表示「在…時間以內」。

· After receiving your application, we shall give you a reply **within** three days.
我們收到您的申請之後會在三天內回覆。

(5) from...till 用於表示「從…時間開始直到…時間」，from 與 till 可以單獨使用。

· I waited for Leslie's call **from** ten o'clock in the morning **till** eight o'clock in the evening.　我從早上十點開始等 Leslie 的電話一直等到晚上八點。

· Rick will start taking vacation **from** tomorrow. He won't be in the office **till** next Friday.　Rick 明天開始休假。他下週五才會進辦公室。

(6) by 用於表示「不晚於…時間；到…時間為止」。
- I will turn in the essay **by** <u>next Monday morning</u>.
  我下星期一早上就會把文章交出去。

(7) since 用作介系詞時，後接名詞，並常和完成式連用，表示「自從… (到現在為止)」。
- There has been a bronze statue of the faithful dog Hachiko in front of Shibuya Station **since** <u>the 1930s</u>.
  澀谷車站前自 1930 年代到現在一直都有一座忠犬八公的銅像。

(8) after 表示「在…之後」，而 before 表示「在…之前」，兩者都是用作介系詞時，後接名詞。
- The city was prosperous **before** <u>the war</u>; however, **after** <u>the war</u>, it was full of wrecked buildings and ruins.
  這座城市在戰前相當繁榮；然而，戰後這裡滿是殘破不堪的建築物和廢墟。

(9) during 表示「在…期間」。
- Don't talk with your mouth full **during** <u>the meal</u>.
  在用餐期間，嘴巴裡有食物時不要講話。

(10) for 表示「持續…時間」，其後接上數量與時間單位；可和現在完成式搭配，用來強調過去至今的時間長度。
- The visitor plans to stay in this city **for** <u>a week</u>.
  這名旅客計劃待在這城市一週。
- Kay and Pat have been friends **for** <u>a decade</u>.
  Kay 跟 Pat 已經是長達十年的朋友了。

(11) through 表示「整段…時間從頭到尾，經過整段…時間」。
- Lia played online games **through** <u>the weekend</u>.
  Lia 一整個週末都在玩線上遊戲。

練習 1

請依句意填入適當的**介系詞**。

　　Christine was born ____1____ 2000. Her parents named her after a very important Christian holiday. In fact, Christine's mother gave birth to her ____2____ Christmas Day. Her parents believed that she was the gift Santa Claus brought to the family. Today, they have been preparing for Christine's birthday party from nine o'clock ____3____ the morning ____4____ three o'clock ____5____ the afternoon. Everything must be ready ____6____ thirty past three because the party will start ____7____ four o'clock. Christine's parents have planned this surprise party ____8____ last weekend. Christine knew nothing about it ____9____ the week. Her parents expect their daughter to remember the day ____10____ the rest of her life.

1. _____ 　 2. _____ 　 3. _____ 　 4. _____ 　 5. _____
6. _____ 　 7. _____ 　 8. _____ 　 9. _____ 　 10. _____

1-2. 表示位置、地方或方向

(1) at 可以用來表示地方或方向：

❶ at 用來表示地方時強調位於場所或位置中的一個點，指出特定的地點、地址、建築物等，例如在日常生活的地方：at school (在學校)、at work (在職場；工作中)、at home (在家)；或是在活動中：at a concert (在音樂會上)、at a meeting (在會議中)、at a party (在派對上)。

・Do you know who lives **at** 221B Baker Street?

　你知道誰住在貝克街 221 號 B 嗎？(若已知確切的地址用 at)

・Ripley's family will see him off **at** the airport this Sunday.

　Ripley 的家人這個星期天將會到機場為他送行。

❷ at 可與動詞搭配表示「對著⋯方向」。

・The boy smiled brightly **at** the camera.　男孩對著相機露出燦爛的笑容。

(2) in 強調在立體空間之中 (開放式或封閉式皆可)，可以是在建築物、小型交通工具等實體環境之內，也可以是在城市、國家、洲、區域等限定的範圍

裡或是指某個閱讀的內容。例如 in bed (在床上，通常指在被窩裡)、in an armchair (在扶手椅上)、in the darkness (在黑暗中)、in the rain (在雨中)、in the paper (在文章中) 等。

· Leo got **in** a taxi and left for the hospital.　Leo 坐上計程車前往醫院。

· Singapore is a country **in** Asia.　新加坡是一個在亞洲的國家。

(3) on 強調在一條線或街道上，或表示在河面等平面或表面上，也可以表示在大型交通工具之中。

· We'd like to visit the museum **on** Baker Street.
我們想要參觀貝克街上的博物館。(若不知道詳細地址，只知道街道名用 on)

· Cora came across a colleague **on** the commuter train.
Cora 在通勤火車上偶遇她的同事。

練習2

請根句意圈選出正確的**介系詞**。

1. Audrey enjoyed a luxury cruise (on / in) the River Thames.
2. Ms. Chen asked us to look for the contextual clues (in / on) the article.
3. The taxi stopped (on / at) the bookstore entrance.
4. The movie star waved (at / on) her fans before walking down the red carpet.
5. Jonas met his wife for the first time (in / at) Rome.
6. Molly hung several oil paintings (on / at) the wall.

(4) 另外還有其他可表示位置、地方或方向的介系詞，例如 into、out of、above、below 等。

between 在兩者之間	in / inside 在…裡面	in front of / before 在…之前
The cat is **between** two boxes. 貓在兩個箱子之間。	The cat is **in / inside** the box.　貓在箱子裡。	The cat is **in front of / before** the box.　貓在箱子前。

behind 在…之後	**near** 在…附近	**beside / by** 在…旁邊
The cat is **behind** the box. 貓在箱子後。	The cat is **near** the box. 貓在箱子附近。	The cat is **beside / by** the box. 貓在箱子旁邊。
on 在…上面	**outside** 在…外面	**into** 進入
The cat is sitting **on** the box.　貓坐在箱子上。	The cat is **outside** the box. 貓在箱子外。	The cat is jumping **into** the box.　貓跳進箱子裡面。
to / toward 往…方向；朝著	**out of** 從…出來	**over** 在…正上方
The cat is walking **to / toward** the box. 貓往箱子方向走去。	The cat is jumping **out of** the box. 貓跳出到箱子外面。	The cat is jumping **over** the box. 貓跳過箱子正上方。
around 圍繞	**up** 往…上	**down / off** 往…下

The cat is walking **around** the box.　貓繞著箱子走。	The cat is jumping **up** the box.　貓跳上箱子。	The cat is jumping **down / off** the box.　貓跳下箱子。

under 在…正下方	above 在…之上；below / beneath 在…之下

The cat is lying **under** the box.
貓趴在箱子正下方。

The tree house is **above** the cat.
樹屋在貓的上方。
The cat is **below / beneath** the tree house.
貓在樹屋的下方。

through 通過	past 經過

The cat is going **through** the box.
貓通過箱子。

The cat is walking **past** the box.
貓經過箱子。

across 橫越	along 沿著

The cat is walking **across** the street.
貓橫越馬路。

The cat is walking **along** the boxes.
貓沿著箱子走。

練習3

請依據箭頭方向的指示，在空格中填入適當的**介系詞**幫小狗 Sparky 完成任務。

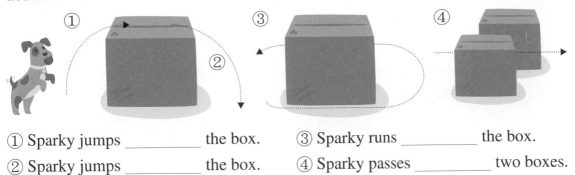

① Sparky jumps _____ the box.
② Sparky jumps _____ the box.

③ Sparky runs _____ the box.
④ Sparky passes _____ two boxes.

1-3. 表示原料

(1) of 可與 be V + made 搭配後接原料，表示「原料本質不因製作過程而改變」。

　　· The bracelet <u>is made</u> **of** <u>glass beads</u>.　這條手鍊是用玻璃珠做的。

(2) from 可與 be V + made 搭配後接原料，表示「原料本質已經因製作過程而改變」。

　　· The wine <u>is made</u> **from** <u>strawberries</u>.　這酒是用草莓做的。

1-4. 表示行為者、工具、方法或手段

(1) by 可表示「由…行為者」、「藉由…方法」或是「搭乘…交通工具」。表示「由…行為者」時，常與被動語態連用；而表示「搭乘…交通工具」時，其後的交通工具要用單數名詞。例如 by air (藉由空運)、by land (藉由陸運)、by sea (藉由海運)、by car (搭車)、by train (搭火車) 等。

　　· The broken electronic toys <u>were repaired</u> **by** <u>toy doctors</u>.
　　玩具醫生把壞掉的電子玩具修理好了。(by + 行為者)

　　· Toy doctors won kids' admiration **by** <u>repairing their broken electronic toys</u>.
　　玩具醫生藉由修好壞掉的電子玩具贏得孩子們的崇拜。(by + 方法)

(2) with 表示「用…工具」。

　　· The thief picked a lock **with** <u>a hairpin</u>.
　　小偷用一根髮夾來開鎖。

　　· Come and check it out **with** <u>your own eyes</u>!　自己過來親眼瞧瞧吧！

(3) in 可表示「以…(手段、方法)；用…(語言、語氣等)」。

- This thank-you note was written **in** <u>neat handwriting</u>.
  這張感謝函是以工整的筆跡寫的。
- The letter was typed **in** <u>Chinese</u>.　這封信是用中文打字的。
- The poor old man begged passers-by for change **in** <u>a miserable tone</u>.
  可憐的老人用悲慘的口吻向過路人乞討零錢。

(4) on 可表示「用…(方式、工具等)」。

- Paul traveled around the island **on** <u>foot</u> last year.　Paul 去年徒步環島。
- Shelly is talking to her friend **on** <u>the phone</u>.　Shelly 正在跟朋友講電話。

🧊 練習4

請依句意選出最適當的答案。

_____ 1. Laura usually travels _____ airplane.

　　(A) with　　　　(B) from　　　　(C) by　　　　(D) in

_____ 2. The scientist made a backup copy of important data _____ another hard disk.

　　(A) on　　　　(B) in　　　　(C) of　　　　(D) at

_____ 3. The dress is made _____ 100% silk.

　　(A) of　　　　(B) from　　　　(C) in　　　　(D) by

_____ 4. Gloria scraped her hair back into a ponytail _____ a rubber band.

　　(A) on　　　　(B) in　　　　(C) of　　　　(D) with

1-5. 表示原因

(1) for 用作介系詞時，可接名詞表示一般的原因，常搭配的動詞有 punish (懲罰)、blame (責怪)、reward (獎賞) 等，而常搭配的形容詞有 famous (有名的)、notorious (惡名昭彰的) 等。

- The child was <u>punished</u> **for** <u>shoplifting</u>.
  這個小孩因為在商店行竊而受到處罰。
- Germany is <u>famous</u> **for** <u>the beautiful scenery of the Black Forest</u>.
  德國以黑森林的美景著稱。

(2) from 可用於表示死亡或受苦的原因。

- Poor Grace has suffered **from** asthma since she was young.
  可憐的 Grace 自從小時候起就一直受到氣喘病的折磨。
- Several residents died **from** the strong earthquake last week.
  上星期的強震造成數名居民死亡。

(3) of 可用於表示死亡或厭煩的原因。

- The patient died **of** flu complications yesterday.
  這個病人昨天死於流感併發症。
- I am sick **of** your endless excuses and promises.
  我已經受夠你無窮無盡的藉口和承諾了。

(4) with 可用於表示情緒、溫度等感覺有關的原因。

- The puppy shivered **with** fear and cold.　小狗因為恐懼與寒冷而發抖。
- Fans shouted **with** excitement when the singer walked onstage.
  歌手走上舞臺時，歌迷們興奮地大叫。

(5) by 其後可直接加特定的單數名詞表示原因，例如 by chance (偶然地)、by mistake (錯誤地；不小心地)、by accident (意外地；不小心地)。

- The engineer deleted an important file **by** accident.
  工程師不小心刪掉一個重要檔案。

練習5

請依句意圈選出正確的**介系詞**。

1. Oliver is tired (of / for) eating the same food every morning.
2. Frank likes Japanese culture. That's why he learns Japanese (of / with) enthusiasm.
3. She blamed her husband (in / for) ruining her birthday party.
4. I encountered my aunt at the duty-free shop (by / with) chance.

1-6. 表示比較或比喻

(1) like 可表示「像…一樣，如…般」。

· Watching the baseball game is **like** taking the roller-coaster.
觀賞棒球比賽就像是坐雲霄飛車一樣。

(2) as 可表示「如同…」或是「當作…」，經常與動詞 regard、think of、view、take、see、look on / upon 連用表示「把 A 視為 B」；也可與 refer to 連用表示「把 A 稱為 B」。

· You may use the bucket **as** a temporary vase.
你可以拿那個水桶當作暫時的花瓶。

· Some people regard health **as** the most valuable treasure in the world.
有些人認為健康是世上最有價值的珍寶。

· Michael Jordan is referred to **as** "the god of basketball."
麥可喬登被稱為「籃球之神」。

(3) to 可與 prefer 連用表示「勝過…」；也可與 compare 連用表示「比喻為…」。

· I prefer peppermint tea **to** lemon tea.　我喜歡薄荷茶勝過檸檬茶。

· In the movie *Forrest Gump*, life is compared **to** a box of chocolates.
在電影《阿甘正傳》中，人生被比喻成一盒巧克力。

(4) with 可與 compare 連用表示「與…相比」；也可與 contrast 連用表示「與…形成對比」、「將…與…進行對比」。

· Compared **with** my apartment, Jason's place is bigger and warmer.
和我的公寓相較之下，Jason 住的地方比較大也比較溫暖。

· This nail house strongly contrasts **with** the tall buildings around it.
這戶釘子戶與其周邊的高樓大廈形成強烈對比。

(5) by 可表示「相差…」。

· John is older than his sister **by** five years.　John 比他妹妹大五歲。

練習6

請依句意選出最適當的答案。

_____ 1. The cocktail tastes _____ juice. It's too sweet!

    (A) like   (B) by   (C) with   (D) to

_____ 2. Helen lost the game _____ one point.

    (A) as   (B) to   (C) by   (D) with

_____ 3. The teacher asked us to contrast *Hamlet* _____ *The Lion King*.

    (A) of   (B) from   (C) with   (D) like

_____ 4. The father treated his little girl _____ a princess.

    (A) as   (B) with   (C) by   (D) from

1-7. 表示目的、結果或對象

(1) for 可用來描述一般的目的，表示「給…(對象)」或是「為了…(目的)」。

- This is a story book written **for** young children.

  這是一本為幼童們所寫的故事書。

- **For** more information, check out the latest news on our website.

  如需更多資訊，請到我們的網站查詢最新消息。

(2) on 可用來呈現某種狀態或表示進行某項活動，例如 on fire (著火)、on time (準時)、on a tour (在旅行)、on vacation (在渡假)、on strike (參與罷工) 等。

- The novel Jason wants to borrow is **on** loan.

  Jason 想借的那本小說已經被借走了。

- Sherry is in German **on** business.　Sherry 因公到德國出差。

 文法小精靈

    on holiday 常見於英式用法，表示「在渡假」。

(3) into 可用來表示狀態改變的結果，常與 separate (劃分)、turn (改變方向)、change (改變) 等動詞連用。

- To conduct the group discussion, the teacher divided the class **into** six groups.

  為了要進行小組討論，老師將全班分成六組。

- The novel was translated **into** fifty-two different languages.
  這本小說被翻譯成五十二種不同的語言。

練習7

請依句意填入正確的**介系詞 for、on、into**。

1. The witch turned the selfish duke _____ an ugly beast.
2. My grandfather goes _____ long journeys after he retired.
3. You have to study hard _____ your own sake.

1-8. 表示關於

(1) about 可表示「與…有關」。

  - Tell me everything **about** your trip to India.　跟我說說你的印度之旅。

(2) of 可表示「想到…，提及…」，常與 think (想)、talk (說) 等動詞連用。

  - Speak **of** the devil, here Tony is.　說人人就到，Tony 來了。

(3) on 可表示「與…議題有關」。

  - The banker was invited to give a speech **on** the global loose monetary policy.
    這位銀行家受邀針對全球貨幣寬鬆政策發表演說。

1-9. 表示區別

　　from 可用於表示一般性的區別、防止。

(1) 作「區別」解釋時，常與 differ (不同於…)、distinguish (區別…) 等動詞連用。

  - Tanya and Tammy are twins. You will have a hard time telling one **from** the
    other.　Tanya 和 Tammy 是雙胞胎。你可能會很難分辨她們。

(2) 作「防止」解釋時經常與 prevent (防止…)、stop (阻止…)、keep (防止…)、
    hinder (阻礙…) 等動詞連用。

  - Applying sunscreen protects us **from** sunburn.
    塗抹防曬乳可以保護我們免於曬傷。

練習8

請依句意圈選出正確的**介系詞**。

1. Simon is reading an article (from / about) healthy eating.

2. The soldier thought (of / on) his family when he felt lonely.

3. Washing hands and wearing a mask can help you keep yourself (from / about) getting a cold.

4. The football player made no comment (on / of) his affair.

1-10. 表示標準或單位

(1) by 可表示度量單位「以…計」。

· Those construction workers are paid **by** the day.　那些建築工人以日計薪。

(2) at 可用於表示價格、程度、速度、比率。

· The movie costume of *Batman* will be sold in an auction and the price starts **at** $35,000.　電影《蝙蝠俠》的戲服將被拍賣，起標價是三萬五千美元。

1-11. 表示除外

(1) but 與 except 表示「除…之外」，其後所接的名詞是不包括在內的項目。

· My mother had nothing **but** / **except** a cup of hot chocolate.
我媽媽早上除了一杯熱巧克力之外什麼都沒吃。

(2) besides 與 in addition to 表示「除…之外還有」，其後所接的名詞是包括在內的項目。

· **Besides** / **In addition to** swimming, Lucas loves playing tennis and volleyball.
除了游泳以外，Lucas 還喜歡打網球和排球。

練習9

請依句意選出最適當的答案。

_____ 1. To get away from the police, the bank robber drove _____ top speed.

　　　(A) by　　　　　　(B) at　　　　　(C) in　　　　　(D) of

_____ 2. Tracy loves all kinds of fruit _____ durian. She doesn't dare to eat it.

    (A) like   (B) from   (C) but   (D) against

_____ 3. The conference room can be rented _____ the hour.

    (A) by   (B) at   (C) from   (D) into

2. 與形容詞搭配的介系詞慣用語

of	be ashamed of (對…感到羞愧)、be afraid of (對…感到害怕)、be proud of (對…感到驕傲)
with	be familiar with (對…感到熟悉)、be pleased with (對…感到高興)、be satisfied with (對…感到滿意)
at	be surprised at (對…感到驚訝)、be angry at (對…生氣)
to	be married to (與…結婚)、be related to (與…有關)、be used to (習慣於…)
from	be different from (與…不同)
about	be crazy about (對…瘋狂著迷)

練習10

請依句意填入正確的**介系詞**。

1. These letters share similar handwriting. I bet they are related _____ each other.

2. Mr. and Mrs. McCartney are very proud _____ their son's performance at school.

3. Jamie was surprised _____ his boyfriend's marriage proposal at Times Square.

三、練習解答

1.	1. in	2. on	3. in	4. till / to	5. in
	6. by / before	7. at	8. since	9. during / through	
	10. for				
2.	1. on	2. in	3. at	4. at	5. in
	6. on				
3.	① up	② down / off	③ around	④ between	
4.	1. (C)	2. (A)	3. (A)	4. (D)	
5.	1. of	2. with	3. for	4. by	
6.	1. (A)	2. (C)	3. (C)	4. (A)	
7.	1. into	2. on	3. for		
8.	1. about	2. of	3. from	4. on	
9.	1. (B)	2. (C)	3. (A)		
10.	1. to	2. of	3. at / by		

Note

第十三章
不定詞

 練習解答

一、基本觀念

　　每個英文句子的構成基本上須有一個主要動詞，不過當句子中出現兩個或兩個以上的動詞時，並不能像中文般一個疊一個並排在一起就好。遇到這類情況，經常會使用不定詞、動名詞或分詞。而不定詞有兩種型式，一種是 to V，另一種是省略 to 的不定詞，也就是原形動詞 (V)，這兩種形式的 V 之後可以有附屬的字詞一起組成不定詞片語。

　　不定詞常用來描述「有打算但不一定能實踐的動作」或是「未來的目標或計畫」，具有「不確定感」。大致上來說，不定詞雖然具備動詞的意義，但實際的功能卻是名詞、形容詞或副詞作用。

- **To have a good night's sleep** is vital for our health.
  晚上睡得好對我們的健康很重要。(不定詞片語 To have a good night's sleep 作名詞)
- People sometimes need a shoulder **to cry on**.
  人們有時候需要可以靠著哭泣的肩膀。(不定詞片語 to cry on 作形容詞)
- Ms. Page is more than happy **to help her students**.
  Page 女士非常樂意能幫助她的學生。(不定詞片語 to help her students 作副詞)

　　不定詞的否定要將 not 或 never 置於 to V 之前。

- Owen's parents warned him <u>not</u> **to go** out without their permission.
  Owen 的父母親警告他，沒有他們的允許就不准出門。

 動名詞與分詞的詳細用法請見第十四章與第十七章。

 二、學習重點

 1. 不定詞作名詞

不定詞當名詞用時可以作為句子的主詞、受詞或是補語。

1-1. 不定詞作主詞

不定詞置於句首作為句子的主詞時，其後通常接「單數動詞」。兩個以上的不定詞作主詞視為兩件事，其後接「複數動詞」。

- **To see** is to believe.　眼見為憑。(不定詞 To see 作主詞，後面接單數動詞)
- **To travel around the world** is Heather's dream.
  環遊世界是 Heather 的夢想。
  (不定詞片語 To travel around the world 作主詞，後面接單數動詞)
- **To run a marathon** and **to climb mountains** require practice and stamina.
  要跑馬拉松和爬山需要練習和耐力。
  (不定詞片語 To run a marathon 和 to climb mountains 為兩個主詞，後面接複數動詞)

1-2. 不定詞片語與虛主詞 it

(1) 如果不定詞片語字數較多會造成主詞過長，可以用虛主詞 it 的句型改寫，並把不定詞片語移至後方。

- **To give up such a great opportunity** is foolish.
  = It is foolish **to give up such a great opportunity**.
  放棄這麼大好的機會很蠢。

(2) 不定詞片語搭配虛主詞 it 時，可依據句型中的形容詞來決定介系詞用 for 或 of，常見句型為 It + be V + adj. + for / of + N + to V。

❶ 與「評論事物」有關的形容詞，如 impossible、necessary、easy、difficult、important、convenient 等，介系詞用 for，表達「對某人而言，做…事是…的」。

- It isn't easy for night owls **to keep early hours**.
  = **To keep early hours** isn't easy for night owls.
  對於夜貓子而言，早起並不容易。

❷ 與「評論人格個性」有關的形容詞，如 nice、kind、polite、rude、wrong、foolish 等，介系詞用 of，表示「某人做…事，真是…」。

- It is kind of Joey **to give his seat to a pregnant woman on the bus**.
  Joey 在公車上讓座給懷孕的婦女真是好心。

(3) 不定詞片語也常搭配虛主詞 it 以及動詞 take 或 cost，來表示「耗費…」。

It	+ takes / took + 人 + 時間 / 努力 +	to V…
	+ costs / cost + 人 + 金錢 +	

❶ take 可以用來表示「做…需要花費多少時間或努力」。

- It took Sammy a week **to complete the survey**.

  = **To complete the survey** took Sammy a week.

  這項調查花了 Sammy 一星期才完成。

❷ cost 則是可以用來表示「做…需要花費多少錢」。

- It cost Connor an arm and a leg **to buy this supercar**.

  = **To buy this supercar** cost Connor an arm and a leg.

  買這輛超跑花了 Connor 很多錢。

練習 1

I. 請圈選出正確的答案。

1. To win this board game (needs / need) some strategies and a little luck.

2. It took Sally three years (to get / get) a master degree in education.

II. 請用**虛主詞 It** 搭配**不定詞**將兩句合併成一句。

1. Mr. Kingston is a generous man.

   He gives away food to the homeless.

   _____

2. Immigrants can't enter a foreign country without necessary documents.

   It is illegal.

   _____

1-3. 不定詞作受詞

(1) 不定詞經常接在「及物動詞」之後作為受詞。

- Diana tried **to convey her feelings by writing**.

  Diana 試著透過寫作表達她的感觸。

  (不定詞片語 to convey her feelings by writing 作 tried 的受詞)

(2) 如果句中的主要動詞為「不完全及物動詞」，如 take、think、make、find、 regard、consider、believe、feel 等，此時可以先用虛受詞 it 接名詞或形容詞 作為受詞補語，之後才接上不定詞片語作為真正的受詞。句型為 S + 不完全 及物動詞 + it + 受詞補語 + to V。

- The candidate found it hard **to accept the result of the election**.
  候選人覺得難以接受選舉的結果。
  (it 是虛受詞，to accept the result of the election 是真受詞，hard 是受詞補語)

- Lily makes it a habit **to listen to pop music while doing the housework**.
  Lily 習慣在做家事的時候聽流行音樂。
  (it 是虛受詞，to listen to pop music while doing the housework 是真受詞，a habit 是受詞補語)

1-4. 不定詞作補語

不定詞可接在 be 動詞或連綴動詞 (如 seem、appear 等) 之後作為主詞補語。

- Little Seth's wish is **to be an astronaut**.　小 Seth 的願望是要當太空人。
  (不定詞片語 to be an astronaut 補充說明 Little Seth's wish)

- The house seemed **to be deserted for a long while**.
  這間房子似乎廢棄很久了。
  (不定詞片語 to be deserted for a long while 補充說明 The house)

練習2

請依提示填入正確的**不定詞**形式。

1. The girl next door invited me ＿＿＿＿＿＿ (have) afternoon tea with her.
2. This organization's ambition is ＿＿＿＿＿＿ (raise) public awareness of protecting endangered species.
3. Ian thought it better ＿＿＿＿＿＿ (not compromise) on quality.

2. 不定詞作形容詞

用不定詞作為形容詞修飾名詞時，通常置於該名詞之後。常在後面接不 定詞作修飾的名詞有 motivation (動機)、permission (許可)、request (要求)、 attempt (企圖)、need (需要)、privilege (特權)、decision (決定)、order (命令)、

proposal (提議)、tendency (傾向)、desire (渴望)、opportunity (機會)、promise (承諾)、wish (願望)、determination (決心)、plan (計畫)、right (權利) 等。需要特別注意的是，不定詞片語裡的介系詞不可省略。

- Laurel shows the <u>ability</u> **to make new friends easily**.

  Laurel 展現出可以輕鬆交到新朋友的能力。

  (不定詞片語 to make new friends easily 修飾 ability)

- If you are looking for a <u>place</u> **to sit on**, there is a bench.

  如果你正在找個地方坐下來，那裡有張長椅。(不定詞片語 to sit on 修飾 place)

練習3

請用 **... N + to V...** 的句型將下列中文翻譯成英文。

1. 如果你需要找個人聊聊，就打電話給我。

   _____

2. 那隻可憐的小狗現在沒有東西可以吃。

   _____

3. 今天下午 Dora 的老師給了她一張紙畫畫。

   _____

3. 不定詞作副詞

作為副詞使用的不定詞可用來表示「目的」、「結果」或「原因」。

3-1. 表示目的

不定詞可用 to V...、in order + to V... 或 so as + to V... 這三種用法，表示「為了…」。其中的 to V... 或 in order + to V... 可以移到句首，以逗號與主要子句隔開。不定詞前面加 not 可構成否定的用法，表示「為了不要…」。

- **To please** his girlfriend, Lawson bought a bouquet of red roses.

  = **In order to please** his girlfriend, Lawson bought a bouquet of red roses.

  = Lawson bought a bouquet of red roses **(in order / so as) to please** his girlfriend.

  Lawson 為了取悅女朋友買了一束紅玫瑰。

- Taiwanese people call ghosts "good brothers" **(in order / so as)** <u>not</u> **to offend** them.
  臺灣人把鬼稱為「好兄弟」，是為了不要冒犯祂們。

3-2. 表示結果

(1) 不定詞可用 adj. / adv. + enough + to V... 的用法，表示「夠…以致於能…」。

- The ice is thick <u>enough</u> **to skate** on.　冰層很厚以致於能在上面溜冰。
- Ivan speaks French well <u>enough</u> **to communicate** with the natives.
  Ivan 法文說得很好足以與當地人溝通。

(2) 不定詞可用 so + adj. / adv. + as + to V... 的用法，表示「如此…以致於能…」。

- The magician's tricks were <u>so</u> amazing <u>as</u> **to win** a big round of applause.
  魔術師的戲法令人讚嘆，贏得如雷的掌聲。
- The wind blows <u>so</u> hard <u>as</u> **to kick** up big waves.　風大得足以掀起巨浪。

(3) 不定詞可用 too + adj. / adv. + to V... 的用法，表示「太…以致於無法…」。
  可在不定詞之前用 for 接名詞，表示專指「某人或某事物」。

- The fire is burning <u>too</u> quickly **to be put** out immediately.
  火勢蔓延太快以致於無法立刻被撲滅。
- The bus was <u>too</u> crowded <u>for</u> more passengers **to board**.
  公車太擁擠了以致於無法讓更多乘客上車。

(4) 不定詞可用 not + adj. / adv. + enough + to V... 的用法，表示「不夠…以致於無法…」。

- The teacher's voice was <u>not</u> loud <u>enough</u> **to be heard** by the students at the back of the class.　老師的聲音不夠大，所以無法讓教室後排的學生聽到。
- The athlete did <u>not</u> run fast <u>enough</u> **to win** first prize.
  這名運動員跑得不夠快，所以無法贏得第一名。

3-3. 表示原因

在表示「喜怒哀樂」等情緒形容詞，如 happy、sad、surprised、shocked、

moved、disappointed、excited、afraid 等之後，加上不定詞可說明有這些情緒的原因或理由，此類句型的主詞通常為「人」。

· The singer was <u>pleased</u> **to be asked** about her newlywed life.
  那位歌手因為被問及她的新婚生活而感到開心。

· I am <u>sorry</u> **to hear** that.　聽到這件事我感到很遺憾。

練習4

請依提示將兩句合併成一句。

1. Matt gets up early every day.

   He doesn't want to miss the school bus. (...so as not to...)

   _____

2. Edith was very busy.

   She didn't have time for lunch. (...too...to...)

   _____

4. 不定詞片語與間接問句

　　不定詞片語可用來簡化間接問句，方法為將間接問句中疑問詞後方的主詞省略，並將間接問句的動詞改為不定詞，其變化如下：

　　　疑問詞 (wh- / how) + S + V... → 疑問詞 (wh- / how) + **to V**...

· Without further instructions, the team didn't know <u>what they should do next</u>.
  = Without further instructions, the team didn't know <u>what **to do next**</u>.
  沒有進一步的指示，那個小組不知道接下來要做什麼。

· Jeremy forgot to tell me <u>how I could get to his place</u>.
  = Jeremy forgot to tell me <u>how **to get to his place**</u>.
  Jeremy 忘記跟我說如何到他家。

· <u>Where they can park their cars</u> is a worry to many motorists.
  = <u>Where **to park their cars**</u> is a worry to many motorists.
  要把車子停放在哪裡是許多開車族的煩惱。

文法傳送門　　間接問句的詳細用法請見第二章：句子的功能與種類。

練習5

請將下列各句劃線的部分改寫為**疑問詞 + to V...** 的句型。

1. The speaker called to ask <u>when he should arrive</u>.

_____

2. <u>How they can improve English writing skills</u> is a question for many English learners.

_____

3. Harley asked me to recommend <u>where he could take his date to dinner</u>.

_____

5. 獨立不定詞片語

　　獨立不定詞片語具備 to V 的形式，但一般都會使用逗點與句子的其他部分相隔開來，其功用在於修飾全句，亦是副詞作用的不定詞片語，以下就幾個常見的獨立不定詞片語分別舉例說明。

needless to say	不用說	to tell the truth	老實說
to be frank / honest (with you)	坦白 (跟你) 說	to be sure	的確；不可否認地
to make matters worse	更糟的是	to begin with	首先，第一
to sum up / to conclude / to make a long story short	總而言之	not to mention	更不用說
so to speak	可說是	strange to say	說來奇怪

- Health is, **needless to say**, more important than wealth.
  不用說，健康當然比財富重要。
- **To be frank with you**, I am not good at cooking.
  坦白跟你說，我不擅長烹飪。
- **To be sure**, China has become a globally economic superpower these days.
  不可否認地，中國近來已經成為世界經濟的強權國家。

- **To sum up**, there are several ways we can do to help save the energy.
  總而言之，有一些可行的方法有助於節省能源。
- I can't recall the name of that restaurant, **not to mention** its address.
  我想不起來那家餐廳的名字，更不用說它的地址了。

練習6

請依句意選擇適當的**不定詞片語**，將其代號填入答案格中 (請忽略大小寫)。

(A) to make matters worse   (B) strange to say   (C) to begin with

1. _____ , after the king bathed in the hot spring, his skin disease was cured.

2. Andy's luggage was stolen. _____ , his money and passport were all inside.

3. If you want to study more efficiently, _____ , you should clean up the mess on your desk.

6. 省略 to 的不定詞

在英文當中，有些情態助動詞、使役動詞與感官動詞的後面要接省略 to 的不定詞，也就是原形動詞。

6-1. 情態助動詞與省略 **to** 的不定詞

情態助動詞是具有語意的助動詞，其中的 will / would、can / could、may / might、shall / should、must 這幾個情態助動詞其後接原形動詞，也就是省略 to 的不定詞。

- When you visit Japanese friends, you <u>should</u> **take** off your shoes before entering the house.
  當你拜訪日本朋友的時候，進門前應該要先脫鞋。
  (情態助動詞 should 接原形動詞 take)

- "Mr. Jobs' line is busy. <u>Could</u> you **call** back later?" the secretary asked.
  祕書問道：「Jobs 先生的電話忙線中。你可以等會兒再打一次嗎？」
  (情態助動詞 Could 接原形動詞 call)

6-2. 使役動詞與省略 **to** 的不定詞

(1) 使役動詞用於叫某人做某事，帶有「命令；指使；促使」的語意；其中的 make、let、have 這幾個使役動詞其後先接受詞再接原形動詞，也就是省略 to 的不定詞。

- The chairman <u>had</u> everyone **cast** their votes into the ballot box.
  主席要求每個人將自己的選票投進票箱中。
  (使役動詞 had 在受詞之後接原形動詞 cast)

- The photographer <u>made</u> the newlyweds **pose** for pictures.
  攝影師讓這對新婚夫婦擺姿勢拍照。(使役動詞 made 在受詞之後接原形動詞 pose)

(2) 但若使役動詞 make 用於被動語態 (be V + made)，其後所接的不定詞要有 to。

- I <u>was made</u> (by Mom) **to wash** the dishes.　我被媽媽要求去洗碗。
  (was made 為使役動詞的被動語態，接不定詞 to wash)

6-3. 感官動詞與省略 **to** 的不定詞

(1) 感官動詞 (如 see、watch、look at、hear、feel、notice、listen to 等) 用來表示使用感覺器官的動作，可在其受詞之後接省略 to 的不定詞 (也就是原形動詞)，或接現在分詞 (V-ing)，以表示受詞的主動狀態。

- Nelson <u>saw</u> some senior neighbors **play** chess in the park.
  Nelson 看到一些年長的鄰居們在公園裡下棋。
  (感官動詞 saw 在受詞之後接原形動詞 play)

- Louis <u>heard</u> his sister **chatting** happily on the phone.
  Louis 聽到他妹妹講電話講得很開心。
  (感官動詞 heard 在受詞之後接現在分詞 chatting)

(2) 但若感官動詞用於被動語態 (be V + Vpp)，其後所接的不定詞則要有 to。

- The old couple <u>were heard</u> **to scream** for help at night.
  晚上這對老夫妻被聽到在尖叫求救。
  (were heard 為感官動詞的被動語態，接不定詞 to scream)

🔲 文法傳送門　使役動詞與感官動詞的詳細用法請見第三章：動詞。

練習7

請依上下文意，選出最適當的答案。

_____ 1. I noticed a stray dog _____ when I came home earlier today.

    (A) to bark   (B) barking   (C) barked   (D) to barking

_____ 2. Cruz told me he would _____ an apartment for his daughter to live in.

    (A) buy   (B) to buy   (C) buying   (D) to buying

_____ 3. Mike was made _____ smoking because his wife was pregnant.

    (A) quit   (B) to quitting   (C) quits   (D) to quit

三、練習解答

1.   I. 1. needs   2. to get

      II. 1. It is generous of Mr. Kingston to give away food to the homeless.

         2. It is illegal for immigrants to enter a foreign country without necessary documents.

2.   1. to have   2. to raise   3. not to compromise

3.   1. If you need someone to talk to / with, just call me / give me a call.

      2. That poor dog has nothing to eat now.

      3. Dora's teacher gave her a piece of paper to draw on this afternoon.

4.   1. Matt gets up early every day so as not to miss the school bus.

      2. Edith was too busy to have time for lunch.

5.   1. The speaker called to ask when to arrive.

      2. How to improve English writing skills is a question for many English learners.

      3. Harley asked me to recommend where to take his date to dinner.

6.   1. (B)   2. (A)   3. (C)

7.   1. (B)   2. (A)   3. (D)

第十四章
動名詞

一、基本觀念

動名詞 (V-ing) 是在原形動詞字尾加上 ing 所形成的，其後可有附屬的受詞或副詞一起組成動名詞片語。動名詞雖然具備動詞的意義，但卻具有名詞的性質，因此可用來作為句中的主詞、受詞或補語。

- **Babysitting** is not easy. 擔任保姆不容易。(動名詞 Babysitting 作主詞)
- Eva enjoys **babysitting her niece**. Eva 喜歡照料她的姪女。
  (動名詞片語 babysitting her niece 作受詞)
- Eva's job is **babysitting her niece**. Eva 的工作是照料她的姪女。
  (動名詞片語 babysitting her niece 作補語)

二、學習重點

1. 動名詞與現在分詞的差異

動名詞與現在分詞的形式都是 V-ing，不過兩者的作用大不同。動名詞可作為句中的主詞、受詞，但現在分詞不行。現在分詞常見於「進行式」的時態之中，亦可作為形容詞來修飾其後的名詞。

- **Swimming** is Meg's favorite activity. 游泳是 Meg 最喜歡的活動。
  (Swimming 為動名詞作主詞)
- Meg likes **swimming**. Meg 喜歡游泳。(swimming 為動名詞作 likes 的受詞)
- Meg is **swimming**. Meg 正在游泳。(swimming 為現在分詞)

文法傳送門 現在分詞的詳細用法請見第十七章：分詞。

 練習1

請依句意圈選出正確的答案。

1. Jacob starts (design / designing) a new product.
2. (Exercising / Exercise) regularly keeps Emma fit.

2. 動名詞的用法

動名詞與一般名詞用法相似，可作句子的主詞、受詞與補語。

2-1. 動名詞作主詞

當動名詞作為句中主詞時，其後通常接「單數動詞」。兩個以上的動名詞作主詞時，接「複數動詞」。

- **Taking a shower after his workout** <u>refreshes</u> Mr. Sagar.

  健身後沖澡使 Sagar 先生神清氣爽。

  (動名詞片語 Taking a shower after his workout 作主詞，後面接單數動詞)

- **Reading newspaper** and **drinking some honey water** <u>are</u> parts of Melissa's daily routine.

  看報紙與喝點蜂蜜水是 Melissa 每天的例行公事。

  (動名詞片語 Reading newspaper 和 drinking some honey water 為兩個主詞，後面接複數動詞)

2-2. 動名詞作受詞

(1) 有些動詞後方常以動名詞作為受詞，例如 admit (承認)、avoid (避免)、delay (延遲)、deny (否認)、dislike (不喜歡)、enjoy (喜愛)、finish (完成)、keep (保持)、imagine (想像)、mention (提到)、mind (介意)、practice (練習)、quit (放棄，不再做…)、resist (抗拒) 等。

- Can you <u>imagine</u> **living** on an island alone?

  你能夠想像獨自一人生活在孤島上嗎？

- Sophia <u>practices</u> **playing** the cello very hard for the coming concert.

  Sophia 為了即將到來的音樂會很努力地練習拉大提琴。

(2) 有些動詞後可接動名詞或不定詞作為受詞，兩者語意相同，例如 begin (開始)、bother (費心)、continue (繼續)、hate (恨)、like (喜歡)、love (喜愛)、prefer (較喜歡) 等。

- Steven <u>continued</u> **teaching / to teach** English after he received a master's degree.　　Steven 在取得碩士學位之後繼續教英文。

- It <u>started</u> **raining / to rain** in the afternoon.　　下午開始下起雨來。

(3) 有些動詞後可接動名詞或不定詞作為受詞，但兩者意義大不相同，例如 forget (忘記)、go on (繼續；接著)、regret (後悔；遺憾)、remember (記得)、stop (停止) 等。

❶ 接動名詞表示「已經發生的動作」。

- The students <u>stopped</u> **doing** the exam as soon as the bell rang.
  鈴聲一響，學生就停止作答。(學生停止正在進行的「寫考卷」動作)
- Josh <u>forgot</u> **sharing** the news with his friend.
  Josh 忘記他已經跟他的朋友分享過這個消息了。(Josh 已分享，但忘記做過)
- I <u>remembered</u> **sending** out the invitations to our guests.
  我記得曾經寄過邀請函給我們的貴賓。(我已寄出，且記得)

❷ 接不定詞表示「打算執行的動作」。

- The students <u>stopped</u> **to rest** as soon as the bell rang.
  鈴聲一響，學生就會停下來休息。(學生停下來，去做「休息」這件事)
- Josh <u>forgot</u> **to share** the news with his friend.
  Josh 忘記要跟他的朋友分享這個消息。(Josh 未分享，且忘記要做)
- I <u>remembered</u> **to send** out the invitations to our guests.
  我記得要寄邀請函給我們的貴賓。(我尚未寄出，但記得)

(4) 有些動名詞可接在介系詞之後作為受詞。

❶ 有些英文用法常搭配特定的一般介系詞，其後可接動名詞作為受詞，例如 on、upon、from、like、about 等。

- <u>On</u> / <u>Upon</u> **arriving** at the airport, Sophie gave her family a call.
  Sophie 一抵達機場就打電話給她的家人。
- She put hand cream on her hands to prevent them <u>from</u> **cracking**.
  她在手上塗了護手霜來防止雙手乾裂。
- The mountain climbers felt <u>like</u> **taking** a break after walking continuously for two hours.
  登山客持續走了兩個小時之後想要休息一會兒。
- It is a pity to throw away unwanted clothes. What <u>about</u> **donating** them to the charities?
  把不要的衣服丟棄很可惜。你認為把它們捐給慈善機構如何呢？

❷ 有些片語結尾的 to 為介系詞，其後也可接動名詞作為受詞。

be accustomed to / be used to	習慣於…
be addicted to	對…上癮
be committed to / be dedicated to / be devoted to	致力於…
be opposed to	反對…
in addition to	除…之外
look forward to	期待…
contribute to / give rise to / lead to	造成…；促成…
get around to	抽出時間做…
when it comes to	談到…
with a view to / with an eye to	為了…

- Jim has already been accustomed to **getting** up early.
  Jim 已經習慣早起。
- Scientists are devoted to **finding** a cure for cancer.
  科學家們致力於找到治癒癌症的方法。
- Several lawmakers were opposed to **approving** the bill.
  一些立法委員反對批准這項法案。
- Chris is looking forward to **meeting** his idol in person.
  Chris 期待和他的偶像見面。
- When it comes to **training** the new employees, Sandy is an expert.
  談到培訓新員工，Sandy 是專家。
- The hotel is redecorated with an eye to **attracting** more guests.
  這間飯店重新裝修為了吸引更多客人。

2-3. 動名詞作補語

動名詞可接在 be 動詞或連綴動詞之後作為補語。

· My hobbies <u>are</u> **singing** and **binge-watching**.　我的嗜好是唱歌和追劇。

· What I mind <u>is</u> **sharing** a room with my little sister.
我介意的是要跟我的妹妹共用房間。

練習2

I. 請依提示填入適當的答案。

1. Larry learned French with a view to ＿＿＿＿＿＿＿＿ (study) fashion design in France.

2. This city official admitted ＿＿＿＿＿＿＿＿ (take) bribes and was arrested by the police.

3. I felt like ＿＿＿＿＿＿＿＿ (have) some coffee to keep myself awake in the meeting.

4. Sam and I are going to the gym. How about ＿＿＿＿＿＿＿＿ (join) us if you are free this afternoon?

5. Amy regretted ＿＿＿＿＿＿＿＿ (have wasted) so much money on luxuries.

6. We regret ＿＿＿＿＿＿＿＿ (say) that telephone scams are getting worse and worse these days.

II. 句子重組。

1. because she couldn't / Mr. Mackay's offer / replying to / make up her mind / Eliza delayed

＿＿＿＿＿＿＿＿＿＿＿＿＿＿＿＿＿＿＿＿＿＿＿＿＿＿＿＿＿＿＿＿

2. the Korean drama / on watching / after she / Joyce went / had lunch

＿＿＿＿＿＿＿＿＿＿＿＿＿＿＿＿＿＿＿＿＿＿＿＿＿＿＿＿＿＿＿＿

3. 常和動名詞搭配的用語

搭配用語	例句
❶ **be + busy + V-ing** 忙於…	Most parents <u>are</u> often <u>busy</u> **working** and neglect their children. 大多數的父母親經常忙於工作而忽略自己的孩子。
❷ **be + worth + V-ing** 值得…	National Palace Museum <u>is worth</u> **visiting**. 國立故宮博物院值得一訪。
❸ **burst out + V-ing** 突然…起來	The audience <u>burst out</u> **laughing** when the speaker told a joke. 演講者說了一個笑話讓觀眾放聲大笑。
❹ **cannot + help + V-ing** 忍不住…	Mia <u>couldn't help</u> **screaming** as soon as she saw a huge rat. Mia 一看到大老鼠就忍不住尖叫。
❺ **have + difficulty / problems / trouble / a hard time + V-ing** 難以做到…	They <u>have little trouble</u> **communicating** with foreign clients in English. 他們可以很輕鬆地用英文和外國客戶溝通。
❻ **have + fun / a good time + V-ing** …很好玩	Liz <u>had a lot of fun</u> **picking** apples with her family. Liz 和家人一起採蘋果，玩得很開心。
❼ **it is + no use / no good / useless + V-ing** 做…是沒有用的	It <u>is no use</u> **worrying** about the future. 擔心未來是沒有用的。
❽ **there is no + V-ing** …是不可能的	For many men, <u>there is no</u> **knowing** what women really want. 對許多男人來說，要了解女人真正想要什麼是不可能的。
❾ **need / want / require + V-ing** (某事物) 需要…	My computer <u>needs</u> **updating**. 我的電腦需要更新。

⑩ no + V-ing 禁止…	The sign by the river says, "No **swimming**." 河邊的告示牌上寫著：「禁止游泳。」
⑪ spend + 時間 / 金錢 + V-ing 將時間 / 金錢花費在…	This is a non-stop flight. You won't have to <u>spend time</u> **transferring** at any intermediate stops. 這是直飛的班機。你不必花時間在任何中繼站轉機。
⑫ waste + 時間 + V-ing 將時間浪費在…	Fred <u>wasted most of his time</u> **playing** online games. Fred 把他大部分的時間浪費在玩線上遊戲。

練習3

I. 請依句意選出最適當的答案。

_____ 1. There is no _____ what life will be like in the next century.

    (A) predict   (B) predicting   (C) predicted   (D) predicts

_____ 2. After the exam, teachers are busy _____ exam papers.

    (A) grades   (B) grade   (C) grading   (D) to grade

_____ 3. Students seemed to have difficulty _____ full attention to their school work.

    (A) pay   (B) pays   (C) to pay   (D) paying

_____ 4. The movie is worth _____ .

    (A) watch   (B) watching   (C) to watch   (D) watched

II. 請依句意選擇最適當的搭配用語，將其代號填入答案格中，每項限用一次。

 (A) couldn't help   (B) no use   (C) had a good time   (D) have little trouble

1. It is _____ washing your car on a rainy day.
2. We _____ wandering around this small town. Thanks for your recommendation!
3. Mr. Strong _____ swearing when a hammer hit his toe accidentally.
4. Rachel and Grace usually _____ deciding what to eat for lunch.

三、練習解答

1.　　1. designing　　　2. Exercising

2.　　I. 1. studying　　2. (to) taking　　3. having　　　4. joining

　　　　5. having wasted　　　　　6. to say

　　II. 1. Eliza delayed replying to Mr. Mackay's offer because she couldn't make up her mind.

　　　2. Joyce went on watching the Korean drama after she had lunch.

3.　　I. 1. (B)　　　2. (C)　　　　3. (D)　　　　4. (B)

　　II. 1. (B)　　　2. (C)　　　　3. (A)　　　　4. (D)

第十五章
連接詞與子句

一、基本觀念

　　「連接詞」顧名思義即用以串連字與字、片語與片語、子句與子句等的字詞。它就像砌牆時所用的水泥，能夠將磚頭之間的空隙填滿，使牆壁更加穩定堅固。連接詞依照其功能可以概分為三大類：對等連接詞 (and、or、but、so 等)、相關連接詞 (not only...but also... 等) 與從屬連接詞 (after、because、if、unless 等)。

　　對等連接詞主要用來連接「詞性或文法結構相同的字詞」或是「兩個獨立子句」；相關連接詞通常成對搭配用來討論「人、事、物兩兩之間的關係」；從屬連接詞的功能在於使其所引導的從屬子句與主要子句相結合。

　　使用對等連接詞即能創造出「對等子句」；使用從屬連接詞則能創造出「從屬子句」。簡單的說，「對等子句」可以拆解為兩個獨立子句，不過「從屬子句」本身是無法獨立存在的。還有一點是必須注意的：「對等連接詞」一般不會置於句首，不過「從屬連接詞」可以置於句首或句中來使用。

- In Taiwan, the weather is usually hot **and** humid in summer.
  在臺灣，夏季的天氣通常是炎熱又潮溼。(and 為對等連接詞)
- Andy seems **neither** shocked **nor** worried when hearing the news.
  Andy 聽到這個消息時似乎並不震驚也不擔憂。(neither...nor... 為相關連接詞)
- **Although** it is chilly outside, the room is cozy and warm.
  雖然外頭很冷，室內卻是舒適而溫暖。(Although 為從屬連接詞)

　　另外，「連接副詞」雖然不是連接詞而是副詞，但在語意的邏輯關係上同樣具有連接的功能，不過使用上須注意搭配正確的標點符號。

- Due to the pandemic, people are urged to wash hands regularly; **moreover**, employees are advised to work from home.
  因為疫情大爆發，呼籲人們要勤洗手，而且建議員工在家工作。
  (moreover 為連接副詞)

二、學習重點

1. 對等連接詞

對等連接詞一共有七個：for、and、nor、but、or、yet、so。對等連接詞通常不置於句首，而是用來連接兩個獨立子句，對等連接詞的前方通常會加逗號。在美式英文中，使用 and、but 或 or 來串連三個或三個以上的字詞時，要以逗號將字詞隔開，對等連接詞之前亦要加上逗號。

1-1. for

表示「因為」，連接理由或原因；通常不置於句首。

- Matilda went to the supermarket, **for** she needed to buy some milk.
  Matilda 去超市，因為她需要買點牛奶。

- I talked to my boss today, **for** I wanted a pay raise.
  我今天找老闆會談，因為我想要加薪。

1-2. and

(1) 表示「和；與；且」，通常連接前後詞性相同的字，也常連接兩個時態和語氣一致的獨立子句。

- Lily bought a <u>toothbrush</u> **and** a <u>hand towel</u>.
  Lily 買了一根牙刷和一條擦手毛巾。(toothbrush 與 hand towel 皆為名詞)

- The couple <u>have been</u> very much in love, **and** they <u>have been</u> married for years.
  那對夫妻一直都非常相愛，而且他們已經結婚好幾年了。(前後子句皆為完成式)

(2) 表示「那麼、然後」，連接兩個互為條件與結果的子句，或是兩個有分時間先後的子句。

- Go down the aisle, **and** you will see gardening tools on the right.
  沿著這條走道走到底，然後你就會看到園藝工具在你的右手邊。

- Apply this moisturizer to your face every day, **and** your skin will be smooth.
  每天在你的臉上塗抹這種保濕霜，那麼你就會擁有光滑的好膚質。

(3) 可表示「越來越…」，連接相同的兩個形容詞比較級。而若是連接相同的兩個字或詞，則表示強調語氣或是延續之意。

- There are <u>more</u> **and** <u>more</u> people paying attention to the issue of global warming.

  越來越多人關注全球暖化的議題。

- Quinn tried **and** <u>tried</u>, and she finally learned the skills of ice skating.

  Quinn 試了又試，然後她才終於學會溜冰的技巧。

  (此句第一個 and 表示強調語氣，第二個 and 表示然後的意思)

1-3. **nor**

表示「也不」，其後必須使用倒裝句：nor 後面的助動詞或 be 動詞要移到主詞之前，倒裝句主詞後若有與前句相同的動詞，可以省略不寫。倒裝句部分所用的助動詞或 be 動詞的時態通常和前句一致。此外，因為 nor 本身已帶有否定意味，所以其引導的獨立子句不需要加 not。

- Tara can't play the violin, **nor** <u>can</u> her sister.

  Tara 不會拉小提琴，她的妹妹也不會。

- They are not huge fans of hip-hop, **nor** <u>am</u> I.

  他們不是嘻哈音樂迷，我也不是。

1-4. **but**

(1) 表示「但是」，用來表達語氣上的轉折，可連接前後句意不同或是互相對比的兩者。

- Those mushrooms are beautiful, **but** poisonous.　那些蘑菇很漂亮，但是有毒。

- I'd like to stay longer, **but** it's already too late.

  我想再待久一點，但是時間已經太晚了。

(2) 可用於 not...but... 表示「不是…而是…」，用 not 與 but 這樣連接並列的字詞也要在詞性、時態或結構上對等。若是將 Not...but... 放在句首，要以 but 之後的名詞來判斷動詞的單複數。

- Rita contacts her clients **not** over the phone **but** by email.

  Rita 和她的客戶聯絡不是透過電話，而是寫電子郵件。

- **Not I but** Chad <u>wins</u> Eunice's heart.
  不是我，而是 Chad 擄獲 Eunice 的芳心。

1-5. **or**

(1) 表示「或者」，可用於建議或是提供可能的方案。

- The medicine can be taken before **or** after meal.　這種藥可以餐前或餐後吃。
- Why don't you listen to some music **or** take a nap on the bus?
  你何不在公車上聽點音樂或是小睡一下呢？

(2) 表示「否則」，用來指出某一種可能性會排除另一種可能性，帶有警告的意味。

- The armed robber said, "Give me the money, **or** you will be sorry."
  持有武器的搶匪說：「把錢給我，否則你會後悔。」
- Spend your money wisely, **or** you will be in deep debt soon.
  妥善運用你的金錢，否則你很快就會欠了一屁股債。

(3) 表示「不管是⋯還是⋯」，可連接兩個相反或對比的詞語。

- Zac was determined to start his own business <u>with</u> **or** <u>without</u> his parents' support.
  Zac 下定決心要自己創業，不論有沒有父母親的支持。
- This convenience store is always open, <u>day</u> **or** <u>night</u>.
  這家便利商店全年無休，不分晝夜。

1-6. **yet**

表示「然而；但是」，可連接前後對比的兩種情況或概念。

- Playing jigsaw puzzles is fun, **yet** time-consuming.
  拼拼圖很有趣，但是很費時。
- The climbers set off early in the morning, **yet** they arrived at the destination late at night.
  登山者們一大早就出發，卻到深夜才抵達目的地。

1-7. **so**

表示「所以」，連接表示「因果關係」的兩個獨立子句。

・Patty forgot to bring an umbrella, **so** she was soaking wet.

Patty 忘記帶傘，所以她全身都淋濕了。

・Alan had a terrible headache this morning, **so** he decided to take a day off.

Alan 早上頭痛得厲害，所以他決定請假一天。

練習1

請依句意圈選出正確的**連接詞**。

1. Sharon was not in the office, (for / so) I left a message for her.

2. My dad put on a jacket, (and / but) he took the dog to the vet.

3. The boy tried to fly a kite, (yet / or) the kite kept falling on the ground.

4. I don't like thriller movies, (nor / so) does Britney.

5. Jill went to the doctor last night, (and / for) she had a bad cold.

6. Motorists have to give way to fire trucks and ambulances, (or / for) they will be fined.

7. Nobody has ever expected the team to win the championship, (and / but) they did it.

8. The chief said to his warriors, "Fight like a free man, (yet / or) get down on your knees like a slave."

9. Jessy overslept this morning, (so / for) she missed the school bus.

10. James is studying Japanese now, (for / but) he is going to work in Japan this March.

2. 相關連接詞

相關連接詞的作用在於描述兩項人、事、物的關聯性。值得注意的是：相關連接詞總是「成雙成對」出現，且兩邊所接字詞的詞性或文法結構必須要對稱。以下列舉一些相關連接詞分項說明。

2-1. 表示兩者皆是

(1) both A and B 表示「A 與 B 兩者都⋯」，若置於句首作為句子的主詞，其後必須接複數動詞。

- Fishing requires **both** time **and** patience.
  釣魚需要時間和耐心。
- **Both** Stephanie **and** Summer <u>are</u> his daughters.
  Stephanie 和 Summer 都是他的女兒。

(2) A as well as B 表示「A 以及 B，不只 A，還有 B」，若置於句首作為句子的主詞，其後的動詞必須以 A 來判斷單複數。

- The café sells coffee **as well as** light refreshments.
  這家咖啡店賣咖啡和一些小點心。
- Sebastian's family **as well as** his girlfriend <u>are</u> there to share his victory.
  Sebastian 的家人和女朋友都在現場分享他的勝利。
  (family 作「家人」解釋時應視為複數名詞，故其後的 be 動詞用 are)

(3) not only A but also B 表示「不僅 A 而且 B」，also 可以省略；若置於句首作為句子的主詞，其後的動詞必須以 B 來判斷單複數。

- Mrs. Crawford is **not only** Mr. Crawford's wife **but also** his business partner.
  Crawford 太太不僅是 Crawford 先生的妻子，也是他的生意夥伴。
- **Not only** you **but also** I <u>am</u> to blame for this failure.
  不只是你，我也要為這次的失敗負責。(以 I 來判斷動詞)

2-2. 表示兩者其一

either A or B 表示「不是 A 就是 B」，若置於句首作為句子的主詞，其後的動詞必須以 B 來判斷單複數。

- Emery usually goes mountain climbing **either** on Saturday **or** on Sunday.
  Emery 通常不是在星期六就是在星期日去爬山。
- **Either** a necklace **or** earrings <u>go</u> well with this blouse.
  這件上衣可以搭配項鍊或耳環。(以 earrings 來判斷動詞)

2-3. 表示兩者皆非

neither A nor B 表示「既不是 A 也不是 B」，若置於句首作為句子的主詞，其後的動詞必須以 B 來判斷單複數。

- Minky is **neither** a Chihuahua **nor** a Yorkshire terrier. It is a mixed breed.

  Minky 不是吉娃娃也不是約克夏。牠是隻米克斯。

- **Neither** you **nor** Jane is attending the graduation trip.

  你和 Jane 都沒有要參加畢業旅行。

 練習2

請填入正確的**連接詞**。

1. Not only Derek _____ his friends are the fans of Marvel movies.
2. Both Mr. _____ Mrs. Tang love parties.
3. Neither Lisa _____ you were punished by the teacher yesterday.
4. Either you _____ Joyce is not telling the truth.

3. 從屬連接詞與子句

　　從屬連接詞又叫做「附屬連接詞」，它所引導的子句泛稱為「從屬子句」。從屬子句雖有主詞跟動詞，卻無法獨立存在，必須與主要子句並用，句意才算是真的完整。因此主要子句與從屬子句具有主從關係。

　　從屬連接詞所引導的從屬子句主要可分為三大類：「名詞子句」、「副詞子句」、「形容詞子句」。其中的形容詞子句又可稱為關係子句，其詳細介紹請見第十六章：關係詞。

3-1. 引導名詞子句的從屬連接詞

　　有些從屬連接詞，例如 that、whether / if、how / wh- 疑問詞，可引導「名詞子句」。名詞子句在英文句子中可以作為句子的「主詞」、「受詞」、「主詞補語」或「同位語」。

(1) that 本身沒有語意，所引導的名詞子句若是作為句子的受詞，則 that 可以省

略，但若所引導的名詞子句是作為句子的主詞時，that 就不可省略。

- **That** the court let the murderer walk free was astonishing.

  = It was astonishing **that** the court let the murderer walk free.

  法庭竟然讓殺人犯無罪開釋真是令人驚訝。

  (that 引導的名詞子句作主詞，亦可用虛主詞 It 改寫)

- Luke suddenly realized **(that)** he had dialed the wrong number.

  Luke 突然意識到他打錯電話了。(that 引導的名詞子句作受詞，that 可省略)

- Carol's problem is **that** she has very little time left.

  Carol 的問題是她已經沒剩多少時間了。(that 引導的名詞子句作主詞補語)

- Carpooling is a concept **that** a group of commuters shares the costs of traveling and takes turns as the driver.

  共乘的概念就是一群通勤者共同分擔開車通勤的費用並且輪流擔任駕駛。

  (that 引導的名詞子句作 concept 的同位語)

(2) whether / if 表示「是否…」，時常與 or (not) 連用；所引導的名詞子句若作為句子的主詞，其後接單數動詞；所引導的名詞子句若作為句子的受詞，whether 亦可用 if 來替代。

- **Whether** (or not) people will like the new product is the biggest concern.

  = **Whether** people will like the new product (or not) is the biggest concern.

  人們是否會喜歡這項新產品是最大的考量。

- I wonder **whether / if** I can finish the book in three days (or not).

  我不確定我是否能夠在三天內看完這本書。

(3) how / wh- 疑問詞作為從屬連接詞時，可引導名詞子句形成間接問句結構，即疑問詞 + S + V；所引導的名詞子句如作為句子的主詞時，其後接單數動詞。

- I wonder **who** the winner of this ultimate survival challenge will be.

  我想知道誰會是這場終極生存競賽的贏家。

- **How** the young chess player will defend the attack of his opponent draws people's attention.

  年輕的棋手將如何抵擋對手的攻勢吸引了人們的注意。

練習3

請依句意圈選出正確的答案。

1. Sandy couldn't decide (whether / that) she should share the news with her husband.

2. (That / Where) these new technologies will change people's ways of communication is certain.

3. The police wondered (which / why) the burglar had taken nothing but a stuffed toy.

3-2. 引導副詞子句的從屬連接詞

從屬連接詞可引導「副詞子句」，主要用來表示「時間」、「原因」、「條件」、「結果」、「目的」或「讓步」，以下列舉一些對應的從屬連接詞分項說明。

(1) 表示「時間」的從屬連接詞

❶ when 表示「當…時」，所引導的從屬子句若是指未來的事件，則從屬子句的時態要用現在簡單式代替未來式，主要子句的部分則不受影響。

- **When** the delegation arrive tomorrow, the president shall meet them at her office.

  當代表團明天抵達時，總統將會在辦公室接見他們。

  (arrive 以現在簡單式代替未來式)

- Ashley was not in the town **when** I dropped by last week.

  當我上星期順道過去拜訪時，Ashley 正好不在城裡。

❷ while / as 表示「當…時」，強調「事情正在發生或繼續中」，因此從屬子句的動詞經常使用進行式。

- **While / As** the professor was being interviewed live on TV, his two children accidentally appeared on screen.

  當教授正在接受電視臺的實況訪問時，他的兩個孩子意外出現在螢幕上。

- Lena scribbled all over the textbook **while / as** her teacher was lecturing in class.

  當老師在教課的時候，Lena 在課本上到處塗鴉。

❸ since 表示「自從」，主要描述「事情自發生到目前為止」，因此從屬子句部分的動詞多用過去式，而主要子句的動詞多用現在完成式。

- I have lived in Taichung **since** I went to college.
  我自從唸大學開始就住在臺中了。
- Mr. Sheeran has been a taxi driver **since** his first child was born.
  Sheeran 先生自從他的第一個孩子出生以來就一直是計程車司機。

❹ after 表示「在⋯之後」，強調從屬子句與主要子句中的時間先後關係。從屬子句的動詞所描述的應為「先發生」的動作。如果主要子句中的動詞為過去式的話，從屬子句的動詞可用過去完成式或過去式。

- **After** Alex had put on his uniform, he went to school.
  Alex 穿上制服後就出門去上學了。
- Franklin became a different person **after** he had got married.
  Franklin 結婚後變了一個人。

❺ before 表示「在⋯之前」，強調從屬子句與主要子句中的時間先後關係。從屬子句的動詞所描述的應為「後發生」的動作。如果主要子句中的動詞為過去式的話，從屬子句的動詞亦可直接用過去式。

- **Before** Mr. Vokic moved to Taipei, he lived in New York.
  Vokic 先生搬到臺北居住之前住在紐約。
- Ted's dog runs to him **before** he calls its name.
  Ted 的狗在 Ted 喊牠的名字之前就會跑向他。

❻ until 表示「直到⋯為止」，強調「某事或某動作到某個時間點才會結束」。主要子句中的動詞通常為持續性的動作 (如 stay、keep、sleep、wait 等)。與否定詞搭配用於 not...until... 時，語意轉變為「直到⋯才開始⋯」，此時的主要子句常與表示瞬間性的動詞連用 (如 finish、go、come、start、die 等)。搭配否定詞時還可以改寫成以 Not until 為句首的倒裝句，此時主要子句中的主詞與動詞的順序要轉變成 aux. + S + V 或 be V + S。

- Angela stayed at this hostel **until** she left Germany.
  Angela 一直住宿在這間青年旅舍，直到她離開德國為止。
- The puppy was trapped in the ditch **until** a kind man came to its rescue.
→ The puppy couldn't get out of the ditch **until** a kind man came to its rescue.
→ Not **until** a kind man came to its rescue could the puppy get out of the ditch.
  小狗被困在溝渠內直到一名好心人拯救了牠。

  (Not until 放句首，主要子句要倒裝)

❼ as soon as 表示「一…就…」，強調從屬子句與主要子句中的動作幾乎沒有時間差。此用法的 as soon as 可用 the moment、the minute 或是 the instant 代換。

- **As soon as** Allen left the office, the phone started to ring.
  Allen 一離開辦公室，電話就開始響起來。
- **As soon as** Brenda saw her favorite actor, she screamed with joy.
  Brenda 一看到她最愛的演員就開心地尖叫。

(2) 表示「原因」的從屬連接詞

❶ because 表示「因為」，後接原因或理由，要特別注意 because 不能和 so 連用，因為 because 和 so 同為連接詞，所以切勿將它們放在同一句中使用。because 在正式用法中通常不置於句首。

- Mia called her dad for help **because** her car broke down on her way home.
  Mia 打電話跟爸爸求助，因為她的車在回家途中拋錨了。
  = Mia's car broke down on her way home, so she called her dad for help.
  Mia 的車在回家途中拋錨了，所以她打電話跟爸爸求助。

❷ since 表示「因為；既然」，作「因為」解釋的 since 不必與現在完成式的時態連用，這是判斷 since 語意的主要依據。

- **Since** you are an employee of this company, you share the same benefits.
  因為你是公司的員工，所以你也享有同樣的福利。

❸ as 表示「因為；既然」，as 與 since 類似，所表達的原因比較屬於推理性的，也比 because 更強調結果的部分，而 since 的語氣比 as 稍強。

- **As** it is sunny outside, why don't we get out and have fun?
  既然外頭是大晴天，我們何不出去玩呢？
- **As** we know about this, we should do something to help.
  既然我們知道了這件事，我們應該做些什麼來幫忙。

(3) 表示「條件」的從屬連接詞

❶ unless 表示「除非」，其後所引導的從屬子句應為條件，而主要子句則為如果該條件不成立時就會產生的結果。unless 所引導的從屬子句可以是現在式、過去式或過去完成式，但不會是假設語氣。如果要表示未來時間，從屬子句的動詞可用現在簡單式代替未來式。這點是從屬連接詞 unless、when、before、after、if、in case 等共通的用法。

- **Unless** Jacob's mom told him not to, he would go surfing with Dave.

  除非媽媽叫他不要去，不然 Jacob 就會跟 Dave 去衝浪。

- The outdoor concert will be called off **unless** it <u>stops</u> raining.

  除非停止下雨，不然這場戶外音樂會將會被取消。(stops 以現在簡單式代替未來式)

❷ in case 表示「萬一；以免」，in case 作「萬一」解釋時，在美式英文中可約略等同於 if (如果)。in case 也可以作「以免」解釋，其所引導的從屬子句用來表示某事發生的機率很小，常與 should 連用。

- **In case** you see Bob, tell him to report to the boss right away.

  = <u>If</u> you see Bob, tell him to report to the boss right away.

  如果你見到 Bob，告訴他立刻向老闆報到。

- Let's sign the contract at once **in case** he <u>should</u> change his mind.

  我們馬上簽約吧，以免他改變心意。

❸ if 表示「如果」，所引導的從屬子句描述「條件狀況」，而主要子句則是滿足條件狀況後產生的結果。若從屬子句所指的是未來時間的話，則動詞應用現在簡單式代替未來式。

- **If** you are ready to go, we will pick you up in five minutes.

  如果你準備好要出發的話，我們會在五分鐘內去接你。

- Kim may be surprised **if** she <u>comes</u> tomorrow.

  假使 Kim 明天來的話，她也許會感到驚訝。(comes 以現在簡單式代替未來式)

練習4

請依句意填入最適當的**從屬連接詞 until、since、because、unless**，每字限用一次。

1. Joseph climbed to the top of a rock _____ he wanted to take pictures of cherry blossoms.

2. He has participated in many voluntary activities _____ he was in high school.

3. Cathy is not a fan of French fries _____ she can have them with ketchup and sugar.

4. The lost mountain climber hid in a cave _____ he was found by the rescue team.

(4) 表示「結果」的從屬連接詞

　　so...that... 與 such...that... 皆可表示「如此…以致於…」，兩者的差別在於 so 與 such 後面可接的詞性以及字序不同。

❶ so...that...：在 so 和 that 之間可以放形容詞或副詞，也可以在形容詞之後加放名詞；若加放的是單數可數名詞，其搭配冠詞的字序為 so + 形容詞 + a / an + 名詞 + that 子句。

　・Mr. Peterson is **so** <u>kind</u> **that** his neighbors all love him.
　　Peterson 先生是如此的好心腸，所以他的鄰居們都喜歡他。

　・The parrot flew **so** <u>high</u> **that** its owner couldn't catch it.
　　鸚鵡飛得太高，所以牠的主人抓不到牠。

　・There are **so** <u>many</u> <u>products</u> **that** buyers have difficulty making the final decision.
　　產品這麼多，以致於購買者難以做出最後的決定。

　・Harry Potter's adventure is **so** <u>wonderful</u> <u>a</u> <u>story</u> **that** readers can't stop reading it.
　　哈利波特的冒險是很神奇的故事，所以讀者們都看到欲罷不能。

❷ such...that...：在 such 之後接名詞，搭配修飾名詞的形容詞或冠詞時，字序為 such (+ a / an) + 形容詞 + 名詞 + that 子句。

　・The steakhouse offers **such** <u>tasty</u> <u>food</u> **that** it is very popular among customers.
　　這家牛排館提供如此美味的食物以致於深受顧客們的喜愛。

　・It was **such** <u>a</u> <u>shabby</u> <u>hotel</u> **that** few travelers would choose to stay here.
　　旅館過於老舊，所以沒什麼旅客會選擇在這裡住宿。

(5) 表示「目的」的從屬連接詞

❶ so that：表示「為了」，用來說明目的，可代換成 in order that，亦可用 so as to V 或 in order to V 改寫，只須注意 that 之後是接子句，而 to 之後是接原形動詞。

　・Cindy practiced hard **so that / in order that** she could win the contest.
　　= Cindy practiced hard **so as to / in order to** win the contest.
　　Cindy 為了要在比賽中獲得勝利而努力地練習。

(so that 或 in order that 後面接子句 she could win the contest，若使用 so as to 或 in order to 改寫後面要接原形動詞 win)

❷ for fear that：表示「為了不要」，可用 so as not to V 或 in order not to V 改寫，亦可用 lest + S + should + V 改寫。

· Mark wrote down the message **for fear that** he should forget it.

= Mark wrote down the message **so as not to** / **in order not to** forget it.

= Mark wrote down the message **lest he should forget** it.

Mark 把留言寫下來以免忘記。

(for fear that 後面接子句 he should forget it，若使用 so as not to 或 in order not to 改寫後面要接原形動詞 forget)

(6) 表示「讓步」的從屬連接詞

❶ although / though：表示「雖然」，雖然在中文的使用習慣上我們會說「雖然⋯但是⋯」，不過要注意 although / though 跟 but 不得同時出現在同一個句子中，因為它們都同樣是連接詞。although / though 所引導的從屬子句可用介系詞 despite 或 in spite of 來改寫，注意用介系詞改寫後須接名詞或動名詞。

· Eric came as he had promised **although** / **though** it rained heavily outside.

= Eric came as he had promised despite / in spite of the heavy rain outside.

雖然外面下著大雨，Eric 還是依照他先前的承諾來了。

· **Although** / **Though** the singer is successful, she remains humble.

= Despite / In spite of being successful, the singer remains humble.

雖然這位歌手的事業很成功，她還是很謙虛。

❷ even if：表示「即使；儘管」，所引導的從屬子句可用來表示「可能發生的情況」，因此有時可具有假設性意味，不一定是真正的事實。

· **Even if** he begs me for forgiveness, I won't give in.

即使他乞求我的原諒，我也不會讓步。

❸ even though：表示「即使；儘管」，所引導的從屬子句表示「確定的事實」，這是 even though 與 even if 最大的不同點。

· **Even though** Ricky is not a fan of wrestling, he watches wrestling matches on TV from time to time.

儘管 Ricky 不是摔角迷，他有時候還是會觀看電視上的摔角比賽。

❹ no matter + how / wh- 疑問詞：表示「無論」，可代換成 however / wh- 疑問詞 + ever。值得注意的是：如果疑問詞後方所接的是形容詞或副詞開頭的從屬子句，那麼通常要用 no matter how 或是 however 來引導從屬子句，此時應作「無論多麼…」來解釋。

no matter who = whoever	不論誰	no matter what = whatever	不論什麼
no matter whom = whomever	不論跟誰	no matter when = whenever	不論何時
no matter whose = whosever	不論誰的	no matter where = wherever	不論何處
no matter which = whichever	不論哪個	no matter how = however	不論多麼…

· **No matter when** you come, we will treat you like a guest of honor.

= <u>Whenever</u> you come, we will treat you like a guest of honor.

無論你何時光臨，我們都會待你如上賓。

· **No matter how** fast the athlete swims, he can't outswim a shark.

= <u>However</u> fast the athlete swims, he can't outswim a shark.

無論這名運動員游得有多快，他都不可能快過鯊魚。

練習5

請依句意圈選最適當的答案。

1. (Whenever / Although) you need me, I will be by your side.

2. Robert checked his smartphone all the time (so that / for fear that) he would miss any important messages from his clients.

3. (Although / Despite) Fanny had no money, she was often dreaming about having a vacation abroad.

4. Jeff saves a part of his salary every month (for fear that / so that) he can buy a house in the future.

 4. 連接副詞

　　這類字詞不是連接詞而是副詞，但是它們同樣具有連接兩種觀念使其產生邏輯關係的功能。使用連接副詞要特別注意的是標點符號，使用一般連接詞時，是用逗號將對等子句或是從屬子句和主要子句隔開；而使用連接副詞時，則須

注意正確搭配分號、and、逗號或句號。連接副詞主要可分為四類，以下列舉這四類較為常見的連接副詞分項說明。

4-1. 表示而且

　　常見表示「而且」的連接副詞有 furthermore、in addition、moreover、besides 等。

- I don't think that Jason is the best candidate for this job; **besides**, his schedule is too full.
  我不認為 Jason 是這項工作的最佳人選，此外，他的行程表已經排滿了。
- The science project requires time and money. **In addition**, it demands great patience.
  這個科學計畫需要時間和金錢，而且還得要有無比的耐心。

4-2. 表示然而

　　常見表示「然而」的連接副詞有 however、nevertheless、nonetheless、yet 等。

- Selena talks about going on a diet all the time; however, she keeps eating chips.
  Selena 老是說要節食，但是她還是一直吃洋芋片。
- All of us have to work to survive, and **yet**, few people truly love what they are doing.
  我們都必須為了生存而工作，然而卻很少有人真正熱愛自己的工作。

4-3. 表示否則

　　otherwise 是最常見的表示「否則」的連接副詞。

- Mr. Clark has to work on weekdays; **otherwise**, he would participate in the parent-teacher conference in person.
  Clark 先生平日必須工作，否則他就會親自出席親師座談會。
- Ed's parents gave him a ride to school today. **Otherwise**, he would be late.
  Ed 的爸媽今天載他去學校。否則他可能會遲到。

4-4. 表示因此

　　常見表示「因此」的連接副詞有 therefore、thus、hence、consequently、

accordingly 等。

- George is sixty-five, <u>and</u> **therefore**, he is eligible for retirement.

  George 今年六十五歲了，因此他可以屆齡退休了。

- Mr. Parker forgot his wife's birthday. **Consequently**, Mrs. Parker gave him the cold shoulder.

  Parker 先生忘記了老婆的生日。所以 Parker 太太故意對他不理不睬。

練習6

請依句意選出最適合的答案。

_____ 1. The convenience stores in Taiwan offer a wide variety of services. _____, most of them open twenty-four hours a day.

    (A) Otherwise   (B) However   (C) Moreover   (D) Thus

_____ 2. It was hot and humid. _____, the strange man wore a heavy coat and a scarf.

    (A) Therefore   (B) Otherwise   (C) Besides   (D) Nonetheless

_____ 3. The coffee shop is under renovation. _____, it will be closed for two weeks.

    (A) Hence   (B) Furthermore

    (C) Nevertheless   (D) Otherwise

三、練習解答

1.	1. so	2. and	3. yet	4. nor	5. for
	6. or	7. but	8. or	9. so	10. for
2.	1. but (also)	2. and	3. nor	4. or	
3.	1. whether	2. That	3. why		
4.	1. because	2. since	3. unless	4. until	
5.	1. Whenever	2. for fear that	3. Although	4. so that	
6.	1. (C)	2. (D)	3. (A)		

第十六章
關係詞

 練習解答

一、基本觀念

關係詞包括「關係代名詞」who、whose、whom、which、that 及「關係副詞」where、when、why、how，可引導「關係子句」以修飾或補充說明前面的先行詞 (即關係詞前面的名詞或代名詞)，所以關係子句又可稱為形容詞子句。

· The man **who** is drinking tea and watching the news on TV is my father.
  那個正在喝茶看電視新聞的人是我爸爸。
  (關係代名詞 who 引導形容詞子句，修飾先行詞 The man)

· This is the school **where** I studied.　這是我以前就讀的學校。
  (關係副詞 where 引導形容詞子句，修飾先行詞 the school)

二、學習重點

1. 關係代名詞

關係代名詞具有將形容詞子句與主要子句結合為同一句的作用，並在其所引導的形容詞子句中取代先行詞，而先行詞就是關係代名詞前面的名詞，所以關係代名詞具有「連接詞」與「代名詞」的作用。

1-1. 關係代名詞與先行詞的搭配

關係代名詞的選擇必須視其所修飾的先行詞種類 (人、事、物) 而定，並且關係代名詞依照其在形容詞子句裡的作用而有主格、受格或所有格之分。當關係代名詞是受格作用時可以省略不寫。除了所有格之外，其他關係代名詞只要不是緊接在介系詞之後，通常都可用 that 取代；但須注意關係代名詞 that 不可緊接在介系詞之後，也通常不會緊接在逗號之後。

先行詞	主格	受格	所有格
人	who / that	whom / that	whose
事物	which / that		whose

(1) who、whom 的先行詞為人。先行詞在形容詞子句中是主詞時，關係代名詞用主格 who；是受詞時則用受格 whom。

· The lady **who / that** is talking to Amber often organizes charity events.
那位正在和 Amber 說話的女士經常籌辦慈善活動。
(who / that 引導形容詞子句修飾前面的 The lady，而 who / that 在子句中作為主詞，其後接動詞 is talking)

· Amber is talking to the lady (**whom / that**) she met in a charity event.
Amber 正在跟她在慈善活動上認識的女士說話。
(whom / that 引導形容詞子句修飾前面的 the lady，由子句中已經有主詞與及物動詞來看，whom / that 在子句中作為 met 的受詞，可省略不寫)

(2) which 的先行詞為人以外有生命或無生命的事物，可作為形容詞子句中的主詞或受詞。

· The church **which / that** is recommended by many people is in Chiayi.
那間許多人推薦的教堂位於嘉義。
(which / that 引導形容詞子句修飾前面的 The church，而 which / that 在子句中作為主詞)

· The church (**which / that**) many people recommend is in Chiayi.
那間許多人推薦的教堂位於嘉義。
(此句的中文意思雖與上句相同，不過此句的 which / that 在其所引導的形容詞子句中作為受詞，可省略不寫)

(3) whose 的先行詞可為人或事物。whose 可取代先行詞在關係子句中作為人或事物的所有格，其後必接名詞。而 whose + N 可作為形容詞子句中的主詞或受詞。

· The shopkeeper **whose** store was just robbed called the police at once.
剛剛店被搶劫的老闆立刻向警方報案。
(whose 引導形容詞子句修飾先行詞 The shopkeeper，並取代 the shopkeeper's 作為子句中的所有格，whose store 為子句中的主詞)

· The shopkeeper **whose** wife I just met at the mall runs a garage nearby.
我剛剛在購物商場裡遇到附近汽車修理廠老闆的太太。
(whose 引導形容詞子句修飾先行詞 The shopkeeper，並取代 the shopkeeper's 作為子句中的所有格，whose wife 為子句中的受詞)

· The pillow **whose** case was torn by the dog was thrown away.

那個被狗咬破護套的枕頭被丟了。

(whose 引導形容詞子句修飾先行詞 The pillow，並取代 the pillow's 作為子句中的所有格，whose case 為子句中的主詞)

(4) 先行詞同時有人與事物時，關係代名詞要用 that。

· The blind man and his guide dog **that** were hit by a drunk driver were rushed to the hospital.

被酒駕者撞倒的視障者與他的導盲犬被火速送到醫院。

(5) 先行詞若具有序數 (例如 the first、the second)、最高級形容詞 (例如 the most...、the best...)、the only、the very、the same、all、no、any、every 等字詞時，關係代名詞通常會用 that。

· Jojo was the second child **that** came to our lives.

Jojo 是我們的第二個孩子。(先行詞中有序數)

· This was the most touching love song **that** I have ever heard.

這是我聽過最扣人心弦的一首情歌。(先行詞中有形容詞最高級)

1-2. 關係代名詞與介系詞的搭配

當形容詞子句中有與關係代名詞搭配的介系詞時，亦可將介系詞挪到關係代名詞之前 (但須注意 that 不適用此規則)，此時的關係代名詞不可省略。

· Usher was fascinated by the throne **(which / that)** many kings had sat on.

= Usher was fascinated by the throne on **which** many kings had sat.

Usher 對於這張曾有許多帝王坐過的王座感到著迷。

(which / that 作為形容詞子句中 on 的受詞，取代 the throne；若將 on 挪到 which 之前句意不變，但就不可省略 on 之後緊接的 which)

· The guests **(whom / that)** the Deckers are waiting for come from Norway.

= The guests for **whom** the Deckers are waiting come from Norway.

Decker 一家正在等候的賓客來自挪威。

(whom / that 作為形容詞子句中 for 的受詞，取代 the guests；若將 for 挪到 whom 之前句意不變，但就不可省略 for 之後緊接的 whom)

練習1

請依句意圈選正確的**關係代名詞**。

1. Don bought the same novel (that / whose) I lent to Sally yesterday.
2. Vincent is playing with Mina's pet cat (whose / which) name is Honeybee.
3. Mr. Brown's old car (which / whom) was still in good condition was sold at a hundred thousand dollars.
4. The girl (whom / whose) the reporter is interviewing works in a convenience store nearby.
5. The police officer (whose / who) caught the drug dealer last week was rewarded with a medal.

2. 關係副詞

　　關係副詞具有「連接詞」與「副詞」的作用，引導形容詞子句修飾前面的先行詞，其所修飾的先行詞通常表示地方、時間、理由或方法。關係副詞所修飾的先行詞，如 the place、the time、the reason 等，通常可以省略不寫。

2-1. 關係副詞可用關係代名詞改寫

　　關係副詞 when (表示時間)、where (表示地方)、why (表示理由)、how (表示方法)，可用「介系詞 + which」來改寫。

先行詞		關係副詞 = 介系詞 + **which**
表示時間	the time	when = at / in / on which
表示地方	the place	where = at / in / on which
表示理由	the reason	why = for which
表示方法	the way	how = in which

- The board shows (the time) **when** the flights will arrive and depart.

　= The board shows the time <u>at which</u> the flights will arrive and depart.

　= The board shows the time (<u>which</u> / <u>that</u>) the flights will arrive and depart <u>at</u>.

　這看板顯示班機何時抵達和離開。

　(本句的關係副詞 when 可根據語意改寫為 at which，其中介系詞 at 亦可移到形容詞子句的句尾)

2-2. 關係副詞的用法

(1) 與關係代名詞不同，關係副詞不作為形容詞子句中的主詞或是受詞，其後須接完整子句。

- This is the plaza **where** many street performers entertain for tips.
  這是許多街頭藝人表演賺取小費的廣場。(關係副詞 where 後接完整子句)

- This is also the plaza (which / that) many tourists visit.
  這也是許多遊客拜訪的廣場。

  (子句中動詞 visit 後少了原有的受詞，因為關係代名詞取代 the plaza 當受詞用)

(2) 前述關係副詞所修飾的先行詞通常可以省略不寫，且關係副詞所引導的子句在省略先行詞之後，會由形容詞子句 (修飾先行詞) 轉變成名詞子句。

- I am curious about (the reason) **why** Judy dressed up today.
  我很好奇 Judy 今天為什麼要盛裝打扮。

  (the reason 當關係副詞 why 的先行詞時可省略，且 why Judy dressed up today 可因此成為名詞子句當 about 的受詞)

- I am curious about the reason which / that Judy dressed up for today.
  我很好奇 Judy 今天盛裝打扮的原因。

  (the reason 當關係代名詞 which 的先行詞時不可省略)

(3) 用關係副詞 how 表示「方法」時，可單獨用關係副詞 how，或單獨用先行詞 the way，或用先行詞 the way 搭配關係代名詞，但是不會用 the way + how。

- Veronica wants to know **how** you made it.
  = Veronica wants to know the way you made it.
  = Veronica wants to know the way in which you made it.
  Veronica 想知道你是如何辦到的。

練習2

請依句意填入正確的**關係副詞 when、why、where、how**。

1. 2000 was the year ＿＿＿＿＿＿ Tina started to work for the company.

2. Oslo is the place ＿＿＿＿＿＿ the Nobel Peace Prize is presented each year.

3. Jack is fun and generous. That is ＿＿＿＿＿＿ his friends enjoy his company.

4. The chef refused to reveal ＿＿＿＿＿＿ he cooked the turkey.

3. 關係子句

　　關係子句，也就是形容詞子句，可用來作為對先行詞的「補充說明」或是「限定條件」，前者為「非限定用法」，而後者則為「限定用法」。

3-1. 關係子句的非限定用法

　　此用法的先行詞通常會是「專有名詞」或是「唯一的人、事、物」，所以此時的關係子句是用來「補充說明」。若拿掉關係子句也不影響我們辨別先行詞，因為先行詞是唯一且明確的。

・ This summer, I am going to visit London, which is the capital of the UK.
今年夏天我將要造訪英國的首都倫敦。

(關係子句用來補充說明先行詞倫敦為英國的首都，故此為非限定用法)

3-2. 關係子句的限定用法

　　此用法的先行詞所指的人、事、物可能並非是唯一的，所以以此用法的關係子句來表示「限定條件」下的特定人、事、物。

・ I am going to have dinner with a friend who comes to Taichung on a business trip today.
我今天要跟一個來臺中出差的朋友吃飯。

(關係子句用來限定條件：我的朋友不只一位，此處要專指來臺中出差的那位朋友。若拿掉關係子句，會讓聽話者不確定是哪位朋友)

3-3. 非限定用法與限定用法的比較

非限定用法	限定用法
1. 關係代名詞之前有逗號。 2. 關係代名詞不可省略。 3. 關係代名詞 who 與 which 通常不會用 that 取代，因為 that 前面通常不加逗號。	1. 關係代名詞之前沒有逗號。 2. 若關係代名詞是取代子句中的受詞則可以省略，但如果是「介系詞 + 關係代名詞」的搭配用法，則此時的關係代名詞不可省略。 3. 關係代名詞可用 who、which 或 that 等。

練習3

請依提示用**關係代名詞**合併句子。

1. Monica ran across Mrs. Seaton on her way back to the office.

   Mrs. Seaton was a regular customer of the company.　(who)

   → _____

   _____

2. Many people like the new movie.

   The movie is an American science-fiction adventure film.　(which)

   → _____

   _____

3. Marian loves the red sweater.

   Marian's mother made the sweater for her.　(that)

   → _____

   _____

4. The girl attracts lots of attention at the party.

   Shawn is talking to the girl.　(whom)

   → _____

   _____

4. 複合關係代名詞

　　複合關係代名詞是先行詞與關係代名詞相結合後的結果，因此使用時其前方不需再有先行詞，這一點也是判別該使用一般的關係代名詞或是複合關係代名詞最主要的方法。複合關係代名詞常引導名詞子句當作句中的主詞、受詞或補語；作為句中的主詞時，其後應接單數動詞。常見的複合關係代名詞有 what、whatever、whoever、whomever、whosever、whichever 等，以下分項說明。

4-1. 複合關係代名詞 what

　　what 為代替「物」的複合關係代名詞，等於 the thing(s) which / that 或是 all that。

　　・Ida's parents won't pay for **what** she purchases online.

= Ida's parents won't pay for **the things which / that** she purchases online.

Ida 的父母親不會替她在網路上購買的東西付錢。

(what 引導名詞子句作為介系詞 for 的受詞)

· **What** really counts in giving someone a gift is the thought.

= **All that** really counts in giving someone a gift is the thought.

送禮重要的是心意。(What 引導的名詞子句作為主詞，其後接單數動詞 is)

· Ice cream is **what** many people like to eat.

= Ice cream is **the thing which / that** many people like to eat.

冰淇淋是很多人喜歡吃的東西。(what 引導名詞子句作為主詞補語)

4-2. 字尾為 **ever** 的複合關係代名詞

　　whoever、whomever、whosever、whichever 與 whatever 乃是由一般關係代名詞 who、whom、whose、which、what 所衍生而出的字。這類字尾為 ever 的複合關係代名詞不只可以引導名詞子句，也可以引導副詞子句。

(1) 引導名詞子句

❶ whoever = anyone who

· **Whoever / Anyone who** finds it can keep it.

誰找到它就是誰的。(Whoever 引導名詞子句作為主詞)

❷ whomever = anyone whom

· When people are betrayed by **whomever / anyone whom** they trust, they often feel extremely hurt.

當人們被任何他們所信任的人背叛時，他們常會覺得非常受傷。

(whomever 引導名詞子句作為介系詞 by 的受詞)

❸ whosever = anyone whose

· Please return the notebook to **whosever / anyone whose** name is on it.

請把筆記本還給本子上名字的主人。(whosever 引導名詞子句作為介系詞 to 的受詞)

❹ whichever = any one that

· There are all sorts of beverages at the party. Please choose **whichever / any one that** you like.

派對上提供各種飲料。請選擇任何一種你喜歡的。

(whichever 引導名詞子句作為及物動詞 choose 的受詞)

❺ whatever = anything that

· Many parents always try to do **whatever / anything that** is best for their children.　許多父母親總是試著做任何對他們的孩子最好的事。

(whatever 引導名詞子句作為及物動詞 do 的受詞)

(2) 引導副詞子句

　　複合關係代名詞 wh-ever 亦可引導副詞子句表示「無論…」，此時亦可改寫成 no matter wh-。

whoever = no matter who	不論誰	whichever = no matter which	不論哪個
whomever = no matter whom	不論跟誰	whatever = no matter what	不論什麼
whosever = no matter whose	不論誰的		

· **Whoever / No matter who** you are, never break the rules.
不管你是誰，請勿違反規定。

· **Whatever / No matter what** happens, I will love you forever.
不管發生什麼事，我永遠愛你。

 文法傳送門 ▸ 更多複合關係代名詞作為從屬連接詞使用的例句，請見第十五章：連接詞與子句。

🎁練習4

請依句意填入最適當的**複合關係代名詞 whoever、whomever、whosever、whatever**，每字限用一次。

　　A detective was sent to investigate a murder. When he was at the crime scene, he found that all of the windows and doors were tightly shut. Therefore, the victim must have been killed by ＿＿1＿＿ she knew. As he checked the victim's safe, he found that all of the deceased's valuables were gone. They were taken away by ＿＿2＿＿ had the key to the lock. The detective also noticed that one of the mugs was not washed thoroughly. Therefore, partial lipstick was left on it. He sent his men to discover ＿＿3＿＿ lipstick it was. Besides, he asked them to record ＿＿4＿＿ the neighbors knew about the victim.

1. ＿＿＿＿　　2. ＿＿＿＿　　3. ＿＿＿＿　　4. ＿＿＿＿

5. 準關係代名詞

　　準關係代名詞 as、but、than 與一般關係代名詞一樣都兼具了連接詞與代名詞的作用，也都引導不完整子句作為形容詞子句，並且在該子句中擔任主詞或受詞的角色，不過準關係代名詞本身都有實質的語意，且通常只能套用在固定的句型上，因此不能算是真正的關係代名詞。

5-1. 準關係代名詞 as

(1) 常搭配的用法有 as...as... 與 the same...as...，可譯作「像…一樣…」；另外也常搭配 such...as... 這樣的用法，表示強調語氣。

　　· My history teacher has <u>as</u> many books **as** a library has.
　　　我的歷史老師擁有的書像圖書館的藏書一樣多。
　　　(後面子句中 has 的受詞是 as 所取代的先行詞 many books)

　　· In the mythology, Hercules was <u>such</u> a strong hero **as** ever lived.
　　　在神話故事中，Hercules 是世界上最強壯的英雄。
　　　(後面子句中的主詞是 as 所取代的先行詞 a strong hero)

(2) such...as... 與 such...that... 不同

　　· Archeology is not <u>such</u> a subject **as** would interest many people.
　　　考古學不是那種許多人會有興趣的學科。
　　　(後面子句中的主詞是 as 所取代的先行詞 a subject)

　　· Archeology is not <u>such</u> a subject <u>that</u> many people would be interested.
　　　考古學不是一門許多人會有興趣的學科。
　　　(that 在此引導完整的名詞子句作為 a subject 的同位語)

(3) the same...as... 與 the same...that... 不同

　　· This is <u>the same</u> dress **as** I am looking for.
　　　這件洋裝和我正在找的是相同的款式。(可能設計圖案相同，但並非是同一件)

　　· This is <u>the same</u> dress <u>that</u> I am looking for.
　　　這件洋裝就是我正在找的那一件。(就是同一件)

5-2. 準關係代名詞 **but**

常搭配的用法有 no...but...、否定詞 ...but...，可譯作「沒有…不…」，but 本身即有否定的語意。

- There is <u>no</u> success **but** requires efforts.
  沒有不需付出努力的成功。(後面子句中的主詞是 but 所取代的先行詞 success)
- There are <u>few</u> Disney animated movies **but** are loved by people of all ages.
  幾乎沒有不受到各年齡層的人們喜愛的迪士尼動畫。
  (後面子句中的主詞是 but 所取代的先行詞 Disney animated movies)

5-3. 準關係代名詞 **than**

常搭配的用法為比較級 ...than...，可譯作「比…還…」。

- Cindy has been to <u>more</u> places **than** many people of her age have (been to).
  Cindy 去過的地方比許多與她同年齡層的人還要多。
  (後面子句中的受詞是 than 所取代的先行詞 places)
- We often buy <u>more</u> things **than** are truly needed.
  我們經常買得比真正需要的還多。
  (後面子句中的主詞是 than 所取代的先行詞 things)

練習5

句子重組。

1. in my family / than anyone else / Uncle James tells / can tell / better jokes

_____

2. remote village / This is / a small population / such a / as has

_____

3. but need / and patience / no crops / There are / farmers' devotion

_____

三、練習解答

1.   1. that   2. whose   3. which   4. whom   5. who

2.   1. when   2. where   3. why   4. how

3.   1. Monica ran across Mrs. Seaton, who was a regular customer of the company, on her way back to the office.

     2. Many people like the new movie, which is an American science-fiction adventure film.

     3. Marian loves the red sweater that her mother made for her.

     4. The girl whom Shawn is talking to attracts lots of attention at the party. / The girl to whom Shawn is talking attracts lots of attention at the party.

4.   1. whomever   2. whoever   3. whosever   4. whatever

5.   1. Uncle James tells better jokes than anyone else in my family can tell.

     2. This is such a remote village as has a small population.

     3. There are no crops but need farmers' devotion and patience.

第十七章

分詞

 練習解答

一、基本觀念

　　動詞轉化為分詞有兩種型態：現在分詞 (V-ing) 與過去分詞 (Vpp)。現在分詞通常以原形動詞加 ing 結尾，而過去分詞通常以原形動詞的規則變化加 ed 做結尾。

- They are **building** the baseball field.　他們正在建棒球場。(building 為現在分詞)
- The baseball field will be **completed** tomorrow.
  這座棒球場將於明日完工。(completed 為過去分詞)

　　對學習者而言，現在分詞與動名詞因為都是 V-ing 的形式，所以可能不曉得如何區分它們有何不同。現在分詞表示動作與狀態，除了可以使用在「進行式」的時態當中，也具有形容詞的功能，可當補語之用或是放在名詞之前修飾。而動名詞顧名思義是具有動詞語意的名詞，所以可以當作句中的主詞、受詞或補語。

- The boy is **playing** baseball with his father.
  小男孩正在跟他的爸爸一起打棒球。(playing 為現在分詞，為進行式的一部分)
- The boy enjoys **playing** baseball with his father.
  小男孩喜歡跟他的爸爸一起打棒球。(playing 為動名詞，作 enjoys 的受詞)

　　另外，由關係代名詞所引導的關係子句，由對等連接詞 and 所引導的對等子句，以及由從屬連接詞所引導的從屬子句，可用分詞來簡化改寫。

 文法傳送門　動名詞的詳細用法請見第十四章：動名詞。

二、學習重點

1. 分詞可當作形容詞

1-1. 兩種分詞當形容詞的差別

　　現在分詞當形容詞時表示動作的「主動或進行」，而過去分詞則表示動作的「被動或完成」。學習者不妨思考一下：進行式會使用到現在分詞 (V-ing)；過去分詞 (Vpp) 則主要是出現在被動語態或完成式；而與被動語態相對的當然是主動語態了，這樣一來就無須特別死背現在分詞與過去分詞的作用。當分詞被放置在名詞前方當作形容詞時，要根據分詞的作用來判斷該形容詞的語意。

(1) 現在分詞表示「主動或進行」
- **running** water　流動的水 (running 表示主動的作用，因為水自己會流動)
- a **melting** snowman　一個融化中的雪人 (melting 表示進行中的動作)

(2) 過去分詞表示「被動或完成」
- a **spoken** language　一種口說的語言 (spoken 表示被動的作用，因為語言是被講的)
- a **melted** snowman　一個融化後的雪人 (melted 表示已完成的動作)

練習 1

請依提示填入正確的**分詞**。

1. a ＿＿＿＿＿＿ (steal) car　一輛贓車
2. a ＿＿＿＿＿＿ (grow) number of people　越來越多的人
3. a ＿＿＿＿＿＿ (burn) house　一幢起火燃燒中的房子
4. a ＿＿＿＿＿＿ (fall) leaf on the ground　地上的一片落葉
5. a ＿＿＿＿＿＿ (sleep) baby　一名熟睡中的嬰兒

1-2. 情緒動詞的分詞可當作情緒形容詞

　　英文當中有許多和人的情緒有關的動詞，如 interest (使感興趣)、amaze (使驚訝) 以及 frustrate (使沮喪) 等。當這些與情緒、情感有關的動詞轉為分詞形式，就可當作「情緒形容詞」使用，但現在分詞 (V-ing) 與過去分詞 (Vpp) 表達的概念並不同。

(1) 現在分詞形式的情緒形容詞
　　現在分詞 (V-ing) 形式的情緒形容詞表示「令人感到…的」，不只可修飾事物，也可修飾人，這些人、事、物本身引發了他人某種情緒，是主動的影響。

- This race is **exhausting**. 這場比賽令人感到筋疲力盡。

  (主詞 This race 讓他人感到筋疲力盡)

- Bobby is an **interesting** guy. Bobby 是個有趣的傢伙。

  (主詞 Bobby 讓他人覺得有趣)

(2) 過去分詞形式的情緒形容詞

　　過去分詞 (Vpp) 形式的情緒形容詞表示「感到⋯的」，因為主詞自身的情緒是受到外在的人、事、物影響而被引發的，所以是用具有被動語意的過去分詞。

- After two hours of running, the **exhausted** runner eventually reached the finish line. 跑了兩小時後，已經筋疲力盡的跑者最終抵達終點線。

  (跑步讓主詞 runner 覺得已經筋疲力盡)

- Bobby is **interested** in biking. Bobby 對騎腳踏車感到興趣。

  (騎腳踏車這件事讓主詞 Bobby 覺得有趣)

(3) 情緒形容詞的常見搭配

　　分詞形式的情緒形容詞可接在 be 動詞或連綴動詞 (如 seem、appear、feel、get、become 等) 之後；而若要表示「對⋯感到⋯」，常搭配特定的介系詞一起使用，以下試舉一些例子：

搭配用語	例句
❶ be V / 連綴動詞 + pleased + with 對⋯感到開心	Sandy was **pleased** with her new hairstyle. Sandy 對她的新髮型感到開心。
❷ be V / 連綴動詞 + satisfied + with 對⋯感到滿意	I am **satisfied** with the restaurant's service. 我對這家餐廳的服務感到滿意。
❸ be V / 連綴動詞 + interested + in 對⋯感到有興趣	Clearly, Mr. Wang was **interested** in this product. 顯然，王先生對這項產品有興趣。
❹ be V / 連綴動詞 + absorbed + in 專注於⋯	She was so **absorbed** in this novel that she lost track of time. 她非常專注地看這本小說以致於沒留意時間。

❺ be V / 連綴動詞 + shocked / surprised + at 感到震驚…	People are **shocked** at the news that the little boy was tortured to death by his parents. 人們對於小男孩被雙親虐死的新聞感到震驚。
❻ be V / 連綴動詞 + amazed / astonished + at 對…感到驚訝	The little boy was **amazed** at the magician's tricks. 小男孩對於魔術師的把戲感到驚訝。
❼ be V / 連綴動詞 + disappointed + at / by 對…感到失望	Tiffani got **disappointed** at not being promoted to manager. Tiffani 對於沒能晉升為經理感到失望。
❽ be V / 連綴動詞 + fascinated + by 對…著迷	We were **fascinated** by the performance of trapeze artists in the circus. 我們對馬戲團中的空中飛人表演感到著迷。
❾ be V / 連綴動詞 + excited + about 對…感到興奮	Children are **excited** about getting red envelops on Chinese New Year's Eve. 小朋友對於除夕夜領紅包感到很興奮。
❿ be V / 連綴動詞 + embarrassed + about 對…感到尷尬，困窘	Jeremy feels **embarrassed** about being in a speed dating event. Jeremy 對於參加快速約會這種活動感到尷尬。

 文法傳送門　情緒動詞的詳細用法請見第三章：動詞。

練習2

請依提示填入情緒動詞的正確**分詞**形式。

1. The man looked troubled because of this ＿＿＿＿＿＿ (confuse) problem.

2. Olivia's pets were ＿＿＿＿＿＿ (scare) of the loud noise of firecrackers.

3. The ＿＿＿＿＿＿ (frighten) ghost story made a group of little girls scream.

4. Melissa was ＿＿＿＿＿＿ (annoy) with her friends about being so late for the movie.

5. Camping is ＿＿＿＿＿＿ (appeal) to Patty's family. They want to give it a try.

1-3. 分詞形成的複合形容詞

複合形容詞是由兩個或兩個以上的字所組合而成的形容詞，字與字之間常以連字號來串連。其用法和形容詞一樣，可置於名詞之前修飾人、事、物。許多複合形容詞之中經常包括現在分詞或過去分詞，所以判斷這類形容詞的語意時，務必要想到：現在分詞具有「主動或進行」的概念，而過去分詞具有「被動或完成」的概念。這些基本觀念對於理解複合形容詞的語意很重要。

(1) 複合形容詞通常可以改寫為形容詞子句

- a **heartbreaking** story = a story that / which breaks hearts
  一段令人心碎的故事
- a **heartbroken** lad = a lad whose heart is broken
  一個心碎的年輕人

(2) 分詞常以下列組合方式形成複合形容詞

❶ 名詞 + 分詞

| N | V-ing | a **peace-loving** country = a country that / which loves peace
一個愛好和平的國家 |
| | Vpp | a **homemade** meal = a meal that / which is made at home
一頓家常飯 |

❷ 副詞 + 分詞

| adv. | V-ing | a **hard-working** employee = an employee that / who works hard
一位努力工作的員工 |
| | Vpp | a **well-understood** disease = a disease that / which is understood well
一種已被充分了解的疾病 |

❸ 形容詞 + 分詞

| adj. | V-ing | a **funny-looking** mask = a mask that / which looks funny
一副看起來很滑稽的面具 |
| | Vpp | **ready-made** food = food that / which is made ready
可即食的食品 |

文法 小精靈

「形容詞 + 分詞」搭配中的 V-ing 通常由連綴動詞轉變而來；形容詞則通常是名詞的補語。

 練習3

請依提示填入正確的**分詞**以形成複合形容詞。

1. a sweet-_____ (smell) crêpe　一份香甜的可麗餅

2. a time-_____ (consume) task　一份耗時的工作

3. a full-_____ (grow) panda　一隻成年的熊貓

4. a mouth-_____ (water) feast　一頓令人垂涎三尺的大餐

5. a well-_____ (know) painting　一幅名畫

2. 分詞可用來簡化子句

　　英文句子主要是靠三項東西將兩個子句作結合成一個句子，第一項是靠對等連接詞 and，第二項是靠從屬連接詞 (如 when、if、after、as soon as 等)，第三項是靠關係代名詞；如果沒有這三項的話就是靠分詞來改寫簡化子句了。

　　不論是以連接詞或是以關係代名詞所引導的子句，欲用分詞來做改寫簡化時，做法基本上是一致的：先將連接詞或是關係代名詞 (主格) 省略，然後將子句中相同的主詞省略，最後再將原句中主動語態的動詞改為現在分詞 (V-ing)，若是被動語態則保留過去分詞 (Vpp) 的部分即可。但若是子句中有完成式，則只需將完成式的助動詞改成 having 即可。

2-1. 對等子句的簡化

Step 1：省略連接詞 and 以及相同的主詞。

Step 2：以逗號隔開前後子句。

Step 3：原本在 and 之後的動詞若為主動語態就改為現在分詞 (V-ing)；若為被動語態則保留過去分詞 (Vpp)，而 be 動詞可直接省略。

・Lilly stood at the door, <u>and she</u> <u>was waiting</u> for her children to come home.

　→ Lilly stood at the door, **waiting** for her children to come home.

　Lilly 站在家門口等候她的孩子回家。(原本子句中的 was waiting 為主動語態)

· The glass container was washed, <u>and it was put</u> under the sun to dry.

　→ The glass container was washed, **put** under the sun to dry.

　玻璃容器被洗乾淨後放在太陽底下曬乾。(原本子句中的 was put 為被動語態)

練習4

請用**分詞**改寫劃線的部分，並寫出完整的句子。

1. The pink roses were cut from the garden, <u>and they were arranged in a vase.</u>

_____

2. Nath stepped onto the ladder, <u>and he took out a suitcase from the top shelf.</u>

_____

3. Helena raised her hand, <u>and she waved goodbye to her friends.</u>

_____

2-2. 從屬子句的簡化

Step 1：省略從屬連接詞。若是省略從屬連接詞之後會造成分詞的語意不明則亦可不用省略，不過表示原因的連接詞如 because、for 或 since 通常要省略。

Step 2：省略相同的主詞，並修改主要子句中對應的代名詞。

Step 3：原本從屬子句中的動詞若為主動語態改為現在分詞 (V-ing)；若為被動語態則保留過去分詞 (Vpp)，而 be 動詞可直接省略。

· <u>When Rosemary came</u> home, <u>she</u> found that the house was empty.

　→ **Coming** home, <u>Rosemary</u> found that the house was empty.

　Rosemary 回到家時發現家裡沒人。

· <u>If the industrial wastes are dumped</u> into a river, <u>they</u> will pollute the river.

　→ **Dumped** into a river, <u>the industrial wastes</u> will pollute the river.

　若把工業廢棄物丟到河裡，會汙染河川。

文法傳送門　　從屬子句的詳細用法請見第十五章：連接詞與子句。

 **練習5**

請用**分詞**改寫劃線的部分，並寫出完整的句子。

1. If you turn right at the corner, you will see the grocery store.

_____

2. Since Ella was attracted by the cupcakes in the window, she let go of her mom's hand unknowingly.

_____

3. When Polly was walking on the street, she heard someone calling her name.

_____

2-3. 形容詞子句的簡化

Step 1：將在形容詞子句中擔任主詞的關係代名詞省略。

Step 2：若形容詞子句中的動詞為主動語態則改為現在分詞 (V-ing)；若為被動語態則保留過去分詞 (Vpp)，而 be 動詞可直接省略。

- That girl who wears a yellow shirt and tight jeans is my neighbor's daughter.
  → That girl **wearing** a yellow shirt and tight jeans is my neighbor's daughter.
  那位穿黃色上衣和緊身牛仔褲的女孩是我鄰居的女兒。
- The window which was broken last night was repaired this morning.
  → The window **broken** last night was repaired this morning.
  那扇昨晚破掉的窗戶今天早上修好了。

文法傳送門 形容詞子句的詳細用法請見第十六章：關係詞。

練習6

請用**分詞**改寫劃線的部分，並寫出完整的句子。

1. The tree which fell down because of the typhoon was made into a piece of furniture.

_____

2. The movie which was directed by a famous Hollywood filmmaker attracted lots of viewers.

_____

3. The man <u>who robbed that convenience store at night</u> was found dead the next morning.

2-4. 簡化有完成式的子句

　　有完成式的子句要用分詞簡化時，完成式的助動詞無論是 has、have 或 had，都改成分詞 having，其後動詞的主動語態或被動語態則是保留原本的樣子即可，且被動語態中的 having been 可省略。

> **Step 1**：省略連接詞。
> **Step 2**：省略相同的主詞。
> **Step 3**：將連接詞之後的完成式助動詞 (has、have 或 had) 改成分詞 having。

- After <u>Tom</u> <u>had won</u> the bid, he celebrated success with his team.
  → **Having won** the bid, Tom celebrated success with his team.
  贏得標案之後，Tom 與他的團隊一起慶祝成功。
- As <u>the athlete</u> <u>has been criticized</u> unfairly, he is very disappointed.
  → **Having been criticized** unfairly, the athlete is very disappointed.
  因為受到不公平的指責，這名運動員很沮喪。

2-5. 簡化主詞不同的子句

> **Step 1**：省略連接詞，將不同的主詞都保留，並用逗號隔開前後子句。
> **Step 2**：原本連接詞之後的動詞若為主動語態改為現在分詞 (V-ing)；若為被動語態則保留過去分詞 (Vpp)，而 be 動詞可直接省略。

- As soon as <u>Roxy</u> <u>opened</u> the door, <u>her dogs</u> ran to her happily.
  → <u>Roxy</u> **opening** the door, <u>her dogs</u> ran to her happily.
  Roxy 開門時，她的狗就都開心地跑向她。
- <u>Anna</u> sat down, <u>and</u> <u>her face</u> <u>was covered</u> with tears.
  → <u>Anna</u> sat down, <u>her face</u> **covered** with tears.
  Anna 坐了下來，她的臉上都是淚水。

2-6. 簡化有否定詞的子句

　　如果子句本身帶有具否定意味的字詞 (如 no、not、never、rarely 等)，用分詞做改寫簡化時，必須將否定詞保留並置於分詞之前。

・ Because Justin didn't know the way to the bank, he rang his brother up for directions.

　　→ Not **knowing** the way to the bank, Justin rang his brother up for directions.

　　因為不知道去銀行的路，Justin 打電話向哥哥問路。

練習7

請圈選出最適合的答案。

1. The bus (was approached / approaching), Jane noticed something interesting. Its roof was covered with plants.

2. (Not knowing / Did not know) how to answer this awkward question, the pop singer kept her silence at the press conference.

3. (Completed / Having completed) all the tasks, the fighters returned to the base one after another.

三、練習解答

1.	1. stolen	2. growing	3. burning	4. fallen	5. sleeping
2.	1. confusing	2. scared	3. frightening	4. annoyed	5. appealing
3.	1. smelling	2. consuming	3. grown	4. watering	5. known

4.　1. The pink roses were cut from the garden, arranged in a vase.

　　2. Nath stepped onto the ladder, taking out a suitcase from the top shelf.

　　3. Helena raised her hand, waving goodbye to her friends.

5.　1. Turning right at the corner, you will see the grocery store.

　　2. Being attracted / Attracted by the cupcakes in the window, Ella let go of her mom's hand unknowingly.

　　3. Walking on the street, Polly heard someone calling her name.

6.　1. The tree falling down because of the typhoon was made into a piece of furniture.

　　2. The movie directed by a famous Hollywood filmmaker attracted lots of viewers.

3. The man robbing that convenience store at night was found dead the next morning.

7.　　1. approaching　　2. Not knowing　　3. Having completed

大考英文句型GO

呂香瑩／編著

大考句型，一本就夠！

◆ 彙整大考常見或文法中易混淆的句型用法，分門別類介紹，重點一目了然！

◆ 句型範例搭配大考實例，學習句型超省力！

◆ 用法詳解超仔細，統整概念超清晰！

◆ 每個小節最後附有練習題，立即練習加深印象。

◆ 搭配隨堂評量，題型多元，奠定堅強實力！

國家圖書館出版品預行編目資料

基礎英文法養成篇／陳曉菁編著.——初版一刷.——
臺北市：三民，2021
面；　公分.——（文法咕嚕Grammar Guru系列）

ISBN 978－957－14－7038－2　（平裝）
1. 英語 2. 語法

805.16　　　　　　　　　　　　　109018804

基礎英文法養成篇

編 著 者	陳曉菁
責任編輯	楊雅雯
美術編輯	郭雅萍

發 行 人	劉振強
出 版 者	三民書局股份有限公司
地　　址	臺北市復興北路 386 號 (復北門市)
	臺北市重慶南路一段 61 號 (重南門市)
電　　話	(02)25006600
網　　址	三民網路書店 https://www.sanmin.com.tw

出版日期	初版一刷 2021 年 1 月
書籍編號	S870560
I S B N	978-957-14-7038-2

三民書局